A Journey into My Father's Struggle
with Madness

THE OUTSIDER

无法触碰的爱

通向父亲与疯狂斗争的旅程

（美）纳撒尼尔·拉胥梅耶　著

刘　晶　译

世纪文睿
Century Literature

世纪出版集团　上海人民出版社

图书在版编目(CIP)数据

无法触碰的爱:通向父亲与疯狂斗争的旅程/
(美)拉胥梅耶(Lachenmeyer, N.)著;刘晶译.—上海:
上海人民出版社,2014

书名原文:The outsider：a journey into my
father's struggle with madness

ISBN 978-7-208-12259-8

Ⅰ.①无… Ⅱ.①拉… ②刘… Ⅲ.①长篇小说-美
国-现代 Ⅳ.①I712.45

中国版本图书馆 CIP 数据核字(2014)第 086351 号

THE OUTSIDER：A Journey into My Father's Struggle with Madness
By NATHANIEL LACHENMEYER

出 品 人 邵 敏
责任编辑 邵 敏 任 柳
封面装帧 叶 珺

无法触碰的爱:通向父亲与疯狂斗争的旅程
(美)纳撒尼尔·拉胥梅耶 著 刘 晶 译

出 版 世纪出版集团 上海人民出版社
(200001 上海福建中路 193 号 www.shsjwr.com)
出 品 世纪出版股份有限公司上海世纪文睿文化传播分公司
发 行 世纪出版股份有限公司发行中心
印 刷 启东市人民印刷有限公司
开 本 890×1240 1/32
印 张 6.25
插 页 1
字 数 147 000
版 次 2014 年 7 月第 1 版
印 次 2014 年 7 月第 1 次印刷
I S B N 978-7-208-12259-8/I·1250
定 价 28.00 元

给

查尔斯·拉胥梅耶

1934—1995

　　为那么多生活在纽约
街道上患有精神分裂症的
男人和女人们，每一天，
他们都提醒着我，这是一
本关于现在的书，就像它
关于过去一样多。

没有人能够阻止生活对我们所做的事。在你意识到之前，它们已经被完成了，而一旦完成，就会驱使你去做别的事情，直到每一件事都横亘在你和你想要成为的自己之间，你已经永远失去了自己。

——尤金·奥尼尔
《长昼的安魂曲》

目 录

Part
Three

致谢 ‖‖‖‖‖‖‖

我想要感谢的人，因为他们的帮助本书才得以完成。

那些同意告诉我，我的父亲在他们的记忆中的人——

在纽约的认识他的人：

克利福德·埃里克森，保罗·范恩斯坦，西奥多·坎伯博士，詹姆斯·麦根斯，约翰·奥德姆博士，汤姆·西尔维特，乔治·舍尔曼，赫伯特·泰特尔鲍姆。

在维吉尼亚认识他的人：

布莱恩·沙博，达德利·詹森，韦恩·克诺德尔博士，埃德温·瑞尼博士，瓦尔德玛·莱利，理查德·沃尔夫森，索莫·泽维林。

在北卡莱罗纳认识他的人：

理查德·克拉默博士，伊藤中本聪博士，杰姆·魏金斯博士。

在新罕布什尔认识他的人：

德比·贝克，希恩·钱德勒，乔治·康托斯，苏珊·迪内，戴安娜·迪斯塔所，罗伯特·德拉克博士，约翰·英格兰德，约里温·琼森，海伦娜·拉瓦瑞，克拉茨·里特曼，芭芭拉·马络内，安妮·钮特，约翰·奥玛雷，盖尔·帕吉，艾利内·拉格，爱德华·洛文博士，杨内特·斯蒂勒斯，拉尔夫·特沃布莱，罗伯特·魏达维博士。

在沃尔蒙特认识他的人：

克布拉尔·罗伯特·布赫，约翰·布克哈特博士，麦克科恩·芭芭拉柯林斯，奥菲斯·弗里德里克·柯尔文，罗伯特·科恩隆，金巴尔·戴格尼尔特，斯蒂文·达纳厄尔，杰弗雷·德格利，丹尼尔·多赫尔蒂侦探，丹尼尔·弗赛，路易斯·希内斯，露丝·亨特，艾米·金，约翰·拉普，海伦·里尔瑞，大卫·利内斯，约翰·利内斯，亨利·马克，约翰·马凯，马克·马丁，詹姆斯·摩根，理查德·缪森博士，帕尔玛，詹森·帕尔玛，威里斯·拉赫特，埃里森·萨诺，杰瑞·施瓦茨，加里·西斯科，玛丽莲·司康劳德法官，桑德拉·斯坦嘉德博士，凯瑟琳·斯图宾，劳拉·汤姆森，威廉姆·伍德鲁夫博士。

在困难的时期支撑我帮助我的人——

我的母亲，她的支持、鼓励、诚实和勇气代表了这本书中好的一面，以及我自己好的那部分。我的妻子克里斯蒂娜，她的爱、善良以及慷慨让我重新对未来生出希望。朱莉安娜·贝茨，她的友谊让我从父亲死亡的阴影中走出来。乔吉，跟屁虫，皮西厄斯，达米安，德西蕾，琼斯先生，斯坦利——它教会了我，好朋友都是用四条腿走路的。

作者的话 |||||||||

　　这是一本关于我父亲的书。这也是一本关于精神分裂症的书。在全球，有将近百分之一的人们遭受着精神分裂症的折磨——仅仅美国就有两千五百万。而每年，都会有十万的新增病例。他们发作的年龄，虽然不尽相同，但大部分都集中在青春期晚期或是成年早期。对精神分裂症的诊断，包括一系列和丧失工作以及社交能力相关的征兆和症状，和流行的看法相反，精神分裂症和多重人格分裂没有关系。它的症状包括：妄想，幻觉，言语紊乱，极端混乱和紧张行为，情感淡漠。将近三分之一的精神分裂症患者，包括我父亲，都属于偏执型的子类别，这一类别的主要特征是显著的妄想和／或者幻听，经常都是围绕一个常见的主题，并没有明显的认知功能和情感上的混乱。

　　在所有的精神疾病中，精神分裂症是患病时间最长，并具有衰竭性的一种，这解释了为什么在美国每年超过三千的死亡人数中，93%是因为自杀。在精神分裂症患者整个一生中，他们的自杀率超过了10%；将近一半的被诊断为精神分裂症的患者会在他们生命的某一个时间尝试自杀。精神分裂症患者的死亡率是普通人的两到四倍。而在经济层面，这些人每年需要325亿美元的投入，用于直接的治疗及支持、生产力的损耗、护理以及相关的服务。与其他的人类的苦难相比，精神分裂症，再加上躁郁症，还定义着美国城市的特点，他们组成了美国无家可归者人口的三分之一。

　　因为他们的失常，这些患有精神分裂症的人们比起他们发病之前，在社会中所处的地位更低。很多人都无法继续维持工作，而且比他们父母的职位要低——这种现象被称为"下迁移"。大部分的精神分裂症患者不结婚，很多人的社会交往相当有限。他们中的大多数对自己患病知道很少，或者根本觉察不到。大部分的研究表明，失常之后，他们的情况变化会因个例而不同，有些人会显示出恶化或者减缓，而另一些人则发展成慢性病。但彻底减缓的例子非常罕见。

关于精神分裂症的患病原因，富有解释力的理论有好几种。但有一点共识，精神分裂症是一种神经生物学意义上的失常，也就是说，从本质上来讲，它的病因基本上是生物学方面的，而不是因为社会方面。精神分裂症治疗的主要方法是抗精神药物治疗，它作用于大脑中的神经传导物质，再加以职业以及社会技能训练的辅助。尽管在过去的三十年，抗精神药物在治疗精神分裂症某些症状——尤其是妄想和幻觉方面已经取得卓有成效的效果，但这种疗效并不对所有的精神分裂症患者都有效，而且它还有副作用。大部分的精神分裂症患者，终其一生，都在忍受着一些治疗并不能够触及的其他症状。对精神分裂症，无药可治。

局外人

Part

———

One

———

我们都留下记忆，

作为个人的传奇。

——查尔斯·拉肾梅耶，《思维控制
和美国的技术奴隶?》，第一期

教堂街

1　流浪汉
||||||||||||||||||||

　　我依然记得第一次看到那个流浪汉时的惊吓。那是 1978 年的 12 月 1 日，我九岁生日的前一天。外面下着雪。父亲与我步行走在去曼哈顿西区的路上，那里有一家卖超 8 电影的影像店，我们每年都会去一次。每一年，在我的生日聚会上，吃完午饭和蛋糕，父亲总会在他的木地板办公室里那个逼仄的住处装好超 8 电影放映机。凭借着六七个小孩、黑暗以及一点点想象力，父亲的办公室一下子获得了魔力，变成老电影的殿堂。一整个下午，我们看着《马戏团》中的卓别林，《德拉库拉》中的贝拉·卢戈西，以及《乌鸦》中鲍里斯·卡洛夫和文森特·普莱斯的打斗场面——它们都被适当压缩成适合超 8 的放映格式，这也让我们能够在天黑之前再踢一场儿童足球。父亲用投影仪放映的最后一部电影，总是新收集来的藏品。

　　父亲和我在店里花了一个小时淘恐怖电影——我们最喜欢的类别。最后《公元前一百万年》和《弗兰肯斯坦》让我们左右为难，结果，我们选择了《他们》代替，一部关于巨型辐射蚂蚁的另类经典。我们还约定，第二年要挑一部喜剧片。走出商店，我们试着用积雪团雪球，但雪似乎还不够厚。当父亲问我接下来想做什么，他的笑容溢于言表，他知道我的答案。二十年后，美国自然历史博物馆依然是我最钟爱的目的地。

我在一个叫佩勒姆的小镇长大，它位于韦斯切斯特和布朗克斯的边界，距离南边的曼哈顿只有三十分钟的车程，尽管如此，在我的记忆中，和父亲去曼哈顿的旅程却是我童年的大冒险。紧紧抓着父亲的手，走在熙熙攘攘的街道上，我感到快乐和骄傲。我们从不是造访大都市的外乡人，我们是在自己的领地巡视的征服者。登上宽阔的阶梯，就是博物馆的入口，而我的心跳已经因兴奋而开始加速了。我们匆匆掠过六十三英尺长的独木舟，里面摆满了西北海岸印第安人的模型；忽略掉全球鸟类和非洲人模型，径直到达卡尔·阿克力非洲哺乳动物大厅，下午，我们就在这里，仔细观察那些镶着玻璃眼珠的大象、狮子和羚羊。在那个年纪，我可以一整天谈论动物，而父亲似乎深受其苦。

随后，在海洋生物馆，来回漫步在我最钟爱的展品下方——一头雌性蓝鲸的复制品从天花板垂直悬挂而下——我向父亲透露了自己一个最大的秘密：我已经下定决心，我将更爱动物，而不是人类。我以为他会被吓到，我的宣称足以让他大吃一惊，然而他却笑了，亲了亲我的额头，说有时候他也这么觉得。

结束前的最后一个展览给我的惊吓太多，以至于已经不能将它说成是我的最爱了，但这一切仍足够令人着迷：幽暗的光线让人犹如置身于海洋深处，一头抹香鲸和一只大王乌贼被困在瓶子里，濒临死亡。我的身体紧贴着玻璃，对父亲说我最爱的鲸鱼是抹香鲸，因为它长着牙齿。而父亲告诉我，他的最爱是驼背鲸，因为它的叫声。我们又对着这幅让人心生敬畏的景象注视了几分钟，父亲提醒我，我们该回家吃晚饭了。

坐地铁到了时代广场，我们没有换乘S线，而是决定穿过第42大街走到中央车站。我们也还盘算着在雪中玩一会。从地铁站上来，手拉手，我们对这一天，对我们所做的一切都感到心满意足，这时，流浪汉出现了。他很高，几乎和父亲一样高，消瘦，乱蓬蓬的长发，胡须凌乱，穿着一套不合身的脏衣服。雪花落在他外套的肩膀，他的头发，他的胡须里，积了薄薄的一层。我可以从他站着的地方闻到他的气味。他试图和我们说话，这把我吓了一跳。他的声音让我害怕。他呼出的气息就像是一团烟雾。他很快地说着什么，听上去很生气。我还没听清他在说什么，父亲就把我拉到了一边。

红绿灯把我们挡在拐角处。我屏住呼吸，收紧下巴，顺着肩膀慢慢回过头看。他站在同样的地方，在雪中大声说着什么，并用力地打着手势，就好像仍能看到我们，好像我们仍站在地铁出口聚精会神地听着。我拽紧父亲的手，向他靠过去，庆幸他在这里。我本能地感觉到，自己看到了一些可怕的东西，一些本不应如此的东西。一个人对着不存在的对象大声倾诉，这并非常理。它违背了人类行为的基本原则：我们总是在和什么人说话。绿灯亮了，我们穿过街道，但我仍在顺着肩膀回头看。父亲感觉到了我的恐惧，他低声向我解释，有时人会迷失在自己的思考之中，就像走在城市里，他或我有时候会迷路。

从那天起，每次去曼哈顿，我都会看到那个流浪汉。他的容貌在逐渐改变，但总穿着同样的衣服：饱经沧桑的皮肤，脏兮兮的衣服，凌乱不堪的头发。最终，时间的魔法将我的恐惧转变为刺激和漠然。流浪汉不知不觉从我的意识中悄悄溜出来，进入我头脑中存储平凡事物的行列。他成了一种都市生活的客观事实，不多不少，像上下班高峰期或者出租车。

1995年1月2日晚，在纽约市北部约三百英里的一个小城，沃尔蒙特州的柏林顿，一间位于教堂街破旧的两层公寓里，一位五十一岁的老人死于心脏病。第二天早上，房东在床边的地板上发现他，报了警。警局立刻派一名警官前往调查。

　　检查完死者的身体，警官开始注意到整间公寓，在柏林顿市区，它显得异常破旧。看着看着，他开始对躺在地板上这个死去的男人倍感好奇。被水侵蚀的泥墙，磨损的地毯，没有厨房也没有电炉，廉价商店买来的家具，这一切都显示着极度的贫穷。然而，与此相悖的是，在床旁边，一个小书架的最上面，整齐叠放着的纸张——死者的简历。死者曾是一位教授，一位社会学家，并写过书——这让警官深感意外。按常理，教育应该足以让他避免这样的结局。

　　警官穿过房间，走到房子的另一头，那边有两扇小窗户，他在其中一扇前面停下，把窗户往外推了几英尺，好让屋里的热气散去一些，教堂街上人群的流动吸引了他。几家人拖着滑雪板，慢吞吞地沿着街道走着，而孩子们则冲在前面，兴奋地跑着之字形。孩子的声音穿透冰冷的空气。屋内，窗子前是一张折叠的纸牌桌，几个中国外卖的餐盒，四个空啤酒罐，一个满是烟蒂的塑料杯，还有一堆拆开的信件。警官看了这些信件，几乎有一半都是各个学院对他近期申请教师职位的回绝。而在另一扇窗户旁，一个很旧的沙发前面，散落着一些书籍和册子：几本从当地图书馆借阅的学术书；一本柏林顿的导游手册，封面上印着新年前夜的烟花照片；布鲁克林波利主日预备学校和弗吉尼亚威廉玛丽学院的校友名录。

　　威廉玛丽学院名录下，半掩着一本大螺纹笔记本，里面用一种细小的字体，七拼八凑地写满了东西。正当警官翻阅这本笔记时，法医赶到了。"这说不通，"警官说，对他自己，也对法医。"这里的条件，还有他在这本笔记本里写下的东西。这样一个聪明的人，沦落到了如此的境地——他是怎么一步步走到沃尔蒙特州柏林顿的这间公寓里的？"

回到警察局，警官调查了当事人的背景。死者之前有一连串因为轻度犯罪的传讯记录，入侵，乞讨，行窃。这些罪行大多都集中在1993 年冬天的四个月当中。记录显示，实际上他去世时所住的公寓，比起一年之前，已经大有改善：从 1993 年 3 月一直到 1994 年 1 月，他曾无家可归而在外流浪，生活在柏林顿的街道上。拿出他的档案，他之前被捕时的照片让警官感到很震惊。照片上的人，是教堂街上一个恶名远扬的流浪汉。市区的每个巡警都知道他的名字。可是，他看上去又并不很像躺在教堂街地板上的那个人。照片上的男人留着深色的长发，乱蓬蓬的，蓄着络腮胡，身上穿着一件脏兮兮的外套。而死者面容整洁，头发也修剪过，穿着虽说也并不昂贵，旧式长裤、牛津布衬衫和正装袜。和被捕时照片的特征做了对比，警官确认在他面前的是同一个人。照片中的人和躺在教堂街地板上的死者，都是白人，棕灰色头发，浅褐色的眼睛，大概六英尺四英寸高。所有的描述都完全吻合，除了一点，公寓里的男人大约有 210 磅重，而档案记录照片上的男人却只有 140 磅。看到这些数据，警官意识到，一年前，那个流浪汉几乎快饿死街头了。

当天晚些时候，法医致电通报了尸检结果：死因是心脏病，正常死亡。剩下的，就只需要一位近亲来确认死者身份。在死者的钱包里，有一张来自霍华德公共事业中心的卡片，该中心是柏林顿的一家非营利机构，死者曾在那里接受治疗，警官联系了霍华德中心，了解到，1994 年 1 月 26 日，死者因一起行乞案件被捕之后，被转移到沃特伯里的沃尔蒙特州立医院接受强迫治疗。入院后，他被诊断患有偏执型精神分裂症。之后就在那里进行持续的药物治疗，并在 11 月底，也就是他死前的五周重获自由。

"偏执型精神分裂症"，听到这个词，警官之前对案件的重重疑点也就迎刃而解了。多年来，他收到过很多针对患有精神病的流浪汉的投诉，通常就和这个人所犯下的罪行并无二致。不时地，会有流浪汉为他们自己作无罪的辩解，他们都会说自己过去曾有着多么辉煌的成就。警官一般都会把这些说辞归咎为他们白日梦的幻想。在这之前，他从没有能够证实这一点，他也没有任何理由将这些人每况愈下的现状和他们的过去，和他们成为流浪汉之前的状况联系起来。

霍华德中心的工作人员告诉警官，沃尔蒙特州立医院的病历记录上，家属联系方式上有死者的表兄弟克利福德·埃里克森的联系方式。另外也有一些记录提及他的前妻和儿子，但并没有联系方式，而且按记录来看，他和前妻以及儿子已经很久没有联系了，警官联络了克利福德，通知了他表弟的死亡，顺利结案。克利福德打给了我母亲，母亲打给了我。

父亲去世时，我住在曼哈顿——我们古老冒险的终点站，流浪汉的领地。葬礼的前一天，我曾在 1978 年第一次见到的那个流浪汉，头一回出现在我的梦中。梦里，我远远地看着自己，那个八岁的小男孩，独自站在街角，回头顺着肩膀往后看，流浪汉站在街角的地铁站入口，大喊着，激烈地打着手势，不是对他自己，而是对我。我听不懂他在说什么，他一点也不像父亲，但我知道他就是，那就是他想要告诉我的。我想跟他说我知道了，但我动不了，也不能说话。我无助地站在那里，一整个晚上，梦境不断重复，他试图告诉我，而我，无声地站在那里，红绿灯在来回闪烁……

入睡之前，我强迫自己把这些年来父亲的来信按时间顺序重读了一遍，我想找出一些适合的东西在明天的葬礼上读，我也想检视一下，这些年我对我与父亲之间关系的处理。1981 年父母离异后，我们的关系就没怎么变过。离异后我只见过他两次，他经常打电话来，但他的行为太过不正常，经常妨碍到我们，所以母亲就把自动应答机二十四小时都开着。她也检查信件，但并不是总能在我之前拿到它们。我保存的信件总共有二十封，从 1982 年第一封开始，到最后一封，1991 年，父亲去世的四年前。

我总是零星地收到信件，一般几个月会有一封，经常附有奇怪而吓人的附件：自行印制的充满妄想的小册子，试图证明一个庞大阴谋的存在，想要窃取他在社会学领域所作出的独立研究；一张父亲的脸部特写，上面是头一天他在酒吧和人发生争执而被人打断鼻梁的样子；从色情杂志上撕下来的带图的页面，上面带有手写说明，一个人是我父亲，另一个是母亲，而第三个，则和母亲有染。信本身充满爱意与亲情，但也总会有那么一两段话能看到他偏执和妄想的想法。我保存了所有的信件和附件，但是很少回信。

我一眼就认出要在葬礼上读的那封信。那是父亲在 1986 年我十七岁生日时写给我的，那段时间父亲相对稳定，正在努力唤回自己的过去。

最亲爱的纳撒尼尔，

　　我随同寄出一个包裹，里边是我研究的材料，这项研究已接近尾声，大概四月份就会完成。我想我会额外花一点钱，带着尊严购买我的梦想。

　　它代表着一个人所付出的十三个月的时间。我已经寄出去150份包裹，这些就是全部啦。我会将这些东西都总结在十页里，要是今年我找不到工作，我会在今年秋天把这些和我的简历一起寄出去。我现在的策略是，只给一些专业出版物写文章，这一点，我会一直坚持下去了。

　　这是你的生日礼物，我希望你能从里边只得到一点教训。无论身处怎样的逆境——我的处境曾经非常的糟——永远没有理由放弃——不管是写诗还是进行艺术创作——我那时候的兴趣所在——或者是像我这样，涉猎艰深的学科。我甚至不期望自己能收到回信。几封感兴趣的回复或者一份工作对我来说就足够了。可即便连这也实现不了，因为我知道自己已经尽力了，而且一直在坚持，我也总会感到欣慰。这一点的确是最重要的。

　　你很可能先收到信，再收到资料，因为寄快件太贵了。请记住，我记得你的生日。

　　　　　　　　　　　　　　　　　　　　爱你，父亲

　　收到这封信的时候，我还不了解父亲因为他的精神失常而所处的逆境——我只知道，因为他源源不断的电话留言和信件，我深受其苦。因此，他所指的教训并没能让我牢记心中，直到他去世之后，我才深深理解到这一点。要是在那时候我可以更好地看到这一点，我就可能会吸取教训，会因为他思维的明显好转而尝试重建我们之间的关系。可事实是，我没能够将自己对他，对他奇怪行为的恐惧放在一边。

三年后，也就是 1989 年，对父亲一封情绪化的在妄想之中写下的信，我给他回了一封短信，切断了我们之间的联系。我的解释简单明了："我无法生活在你的世界之中；你也无法生活在我的。"他一如既往地一封接一封写信给我，但直到五年之后，1994 年的圣诞节，我才给他寄了一本我写的童书作为圣诞礼物。我想让他知道，我终于摆脱了青春期的苦闷，虽然已经到了二十五岁的年龄，但我已经做好准备，尝试着和他继续保持联系。我把包裹寄到了新罕布什尔州的曼彻斯特，这是他最后写给我的一封信的邮寄地址。而一周后，父亲在沃尔蒙特州的柏林顿去世，他没能知道，其实我一直在思念他。

我读了他写给我的一大堆信，发现大部分的内容我竟然都记得。可当我拿起最后一封，却完全没有印象。这封信上的邮戳显示，它是 1992 年 10 月寄出的，而寄信人的地址是沃尔蒙特州柏林顿西科克街 16 号。这太出乎我的意料了。我意识到，我本来是知道父亲已经从新罕布什尔搬到沃尔蒙特的，我只是忘记了。如果我记得这最后一封信，那他有可能在去世之前会收到我的礼物。

对一个被死亡唤醒的意识，明白这一切已经太迟了：父亲最后的一封信里，到处充斥着他的生活进入一个新的、更加绝望的阶段的迹象。第一次，他称呼我"纳特——"，而且信的结尾也只写了"父亲"。他平常所喜欢用的"最亲爱的纳撒尼尔"、"爱你，父亲"都消失了。他的字迹也变了，之前收放自如的纤细笔迹被一种潦草、甚至是涂鸦式的字体所代替，反映出他精神状况的恶化。他提到一个附件，是他新近完成的工作，但也忘记把它放在了信封里。

纳特——

　　觉得你可能对附件的内容感兴趣。我花了九个月的时间把过去二十年的成果都压缩在一起，而这一切都基于以"我的经验"为开端。眼下需要 325.00 美元。有可能的话，会增加到 25 万。正在为来自澳大利亚和沙特阿拉伯的职位和资金积极地进展着。打算申请三个当地的职位，外加和一个教师机构联系。不管有没有这份工作，九月份的时候打算到加拿大。已经对在这个国家继续这项实验失去了信心，太难控制了——可以展示并证明它。会等着在市集广场听到这些消息。呆在沃尔蒙特大学图书馆完成研究。找一个律师去起诉曼彻斯特精神康复中心，有三名可信的目击者，一次成功的测验，还有两个也是有可能实现的。无法把中央情报局、五角大楼或是你妈妈控制住。

　　要是你对附件感兴趣，请告诉我。

　　　　　　　　　　　　　　　　　　父亲
　　　　　　　　　　　　　　　　西科克街 16 号
　　　　　　　　　　　　沃尔蒙特，柏林顿 05401

　　还有，克利福德投资了 300 美元，我之前的房东投资了 1500 美元。按现在的饮食习惯，到一月会有 250 到 300 美元的剩余。

父亲给我的最后一封信写于1992年10月，五个月之后他变得无家可归。我没能理解他提到曼彻斯特精神康复中心以及他的"测验"的含义，我也不需要理解这些，这封信只是在委婉地请求经济上的帮助，看懂这点就够了。我也想说服自己，我是在父亲死后才发现这一点的。可事实是，当这封信重新握在我手中，我清清楚楚地回忆起，当我第一次读这封信，看到父亲竟然伸手向他业已疏远的儿子要钱，当时的我所感到的惊讶。尽管那时我已经二十二岁了，但我不明白这只是他对于自己深陷极度困境的一种暗示。当时，看到父亲的行为如此不可预料，再加上偶尔古怪的来信，反而让我感觉舒服多了。我觉得自己已经对这个真实存在着的，挣扎着想要把他的生活放回原位的人失去了兴趣。我没有回信，父亲也再没有联系过我。

在第二天上午的葬礼上，我大声读着父亲在我十七岁生日时写给我的告诫："无论身处怎样的逆境——我的处境曾经非常的糟——永远没有理由放弃"。父亲恪守了他自己的信条。我在大学里写给他的那封断绝联系的信，警官在父亲的公寓里发现了它，这说明，即便八年之后，他变成一名流浪汉，他还在努力让自己的生活恢复原状，努力回到他的过去。

而我，我当时完全没有意识到。我在父亲还活着的时候就放弃了我们之间的关系。尽管现在，一切都已经太迟了，但我还是决定去吸取他留给我的教训。毕竟，如果永远都没有理由说放弃，那即便是死亡，也不能够阻挡。知道父亲已经死了，而在他死前一年，他曾无家可归而流浪在外，我决定再也不转身离他而去了。我决定找出这一切的原因，在他身上到底发生了什么，以及为什么——回答调查父亲死因的警官提出的那个问题："他是怎么一步步走到沃尔蒙特州柏林顿的这间公寓里的？"

1995 年夏天，"流浪汉"这个词不时地在我耳边回旋，与此相伴的，是与日俱增的我曾抛弃父亲的愧疚感。我开始研究他。我开始透过他们的外表——污垢、头发、胡子——去观察流浪汉们独特的组合，去把每一种独特的组合看作是一个人。我开始能够分辨出他们是年轻还是年迈，是新加入的还是已经在外流浪很多年，是瘾君子抑或是有精神问题，看着这些，我开始想，什么样的经历让他们都有了如此相似的改变。我想和他们聊一聊，想透过他们了解父亲的精神失常，以及他在大街上的生活。

我被拒绝了好几次——一个来自俄勒冈州的中年男人，住在古巴大使馆的外面，他相信自己和卡斯特罗之间有一种直接的心灵感应；一个长有黄疸的瘦削的女人，常年都步履蹒跚地牵着不同的异性流浪汉的手；一个大约二十多岁长得非常帅、带点粗野的男人，每天站在同一条街道的拐角，朝着路过的人说些猥亵的话。后来，我遇到了面具骑士，一个中年黑人，牙齿断掉了，还有一条腿有毛病，他在曼哈顿穆雷山一带的过道和门廊已经住了有十年之久。一天早上，我坐在他旁边，主动告诉他我父亲也曾在大街上流浪，问他我能不能问他几个问题。从一开始，就可以看出，他和我一样，想找一个人说说话。我们很快成了朋友，每天早上，在同一个棕石门廊里，我们开始一起吃早饭。有时候我们各付各的，有时候我请客。也会有几天，要是他昨天乞讨的钱还有剩余的话，他会坚持请我。

慢慢地，面具骑士告诉我一些他的过去。20 世纪 40 年代他在费城长大，1960 年早期搬到了纽约，想成为一名鼓手。他曾和一些爵士大师同台演出，包括迈尔斯·戴维斯以及约翰·克兰特。他的事业终止于 1965 年，那时他参与了克兰特的种子唱片《上升》的演奏。到了 20 世纪 60 年代末，事情开始不对劲。他睡在东部村庄酒吧地下室的地板上，组合一本拼贴而成的书，这本书中包含着他从废弃杂志里随机剪下的一些词和短语。他将这本书命名为《原子科学》，因为"这样听起来感觉会有人想读"，他深信这本书价值数百万，但他解释说，在他完成之前书就被偷了。从那以后，他就开始断断续续变得无家可归了。

一天早上，在喝完一小瓶杰克·丹尼尔① 之后，他向我透露了他的真实身份。面具骑士是一部老旧的西部电视剧里的人物，在还是孩子的时候，他就非常喜欢面具骑士了。他也不知道发生了什么，但在 20 世纪 80 年代的某个时候，他发现自己实际上**变成**了面具骑士。他还悄悄地和我耳语说，他的妻子是斯嘉丽·霍斯曼，另一部西部电视剧里的角色。他本不应该告诉我他妻子的名字的，但她就住在附近，每天上班的路上都会给他一美元。他们从没公开讨论过他们的婚姻，但面具骑士很确定她清楚地知道他们是夫妻。

还有一个话题是面具骑士隐藏很深的——他的父亲。当他终于可以没有障碍地和我谈论他的父亲时，我发现我们有着相同的经历：我们的父亲，不管他们在还是不在，都决定着我们是谁。

"我会和你说，但只会说一点点。我不了解我父亲，甚至从来没

① 一种威士忌。——译注

有见过他。他被刺伤了，所以不得不被拉去火葬场。但他们正是通过**我父亲**来做这些的，把我伤害成现在这个样子。我所知道的是，有一天我坐在街边的角落，感觉就像是有人在割断我腿部的神经。我很确定是这样，因为神经不会自己萎缩。他们从我屁股上面的地方开始割，一直到我的腿，然后到我脚的地方。他需要做的就是触摸某个地方，这个过程确实非常疼。就好像不管我哪里疼，父亲就在哪里。而他甚至都不在现场！这确实很难想象。我父亲已经在坟墓里了，而他为这些在办公室里的人做事。我不明白为什么他们要这样搞政治，对我而言，这是不对的，非常不公平。总统也有孩子，也有妻子，但他伤害了每个人。伤害我，伤害我的家人。上帝啊，我们几乎没法坚持下去了，不管剩下的是谁，我们都几乎没法再坚持下去。"

每天早上吃早饭的时候，起码有一次，面具骑士会从衬衫的兜里掏出一个很小的螺纹笔记本，在上面写从 1 到 7 的数字。比如当他解释完政府如何雇佣他父亲的鬼魂让他变得残疾，只能睡在大街上之后，他会在一整页上都写满排列的数字。出于好奇心，也希望能够消化他刚才所说的话，我问他这些数字意味着什么。

"我很早之前就听过，7 是一个举足轻重的数字。震动正是通过 7 来实现的。所以，如果你处在困难的时刻，你可以把它写下来，震动就会被改变。而数字 11——说到死亡——它本身就是死亡。数字 11。你写下来，你就死了。7 也可以代表死亡。如果我进浴室碰到麻烦，或是喝了酒，或是和别人说完话，我就把它写下来。我常常会尽量数到 7，但现在我已经对此非常熟练，不需要全部数完了。我数到 3，就结束了。但如果是政治的话就不一样了，如今的政治太糟糕了。"

我基本能感知到他的世界中的神圣象征。听他说话，就像是在一个荒岛上，第一次走进一座教堂。你茫然地看着对面的基督、圣母玛利亚、长凳、蜡烛以及圣坛。你能感觉到，这些东西都是有意义的，这个奇怪的世界对于建构它的人来说是很重要的，但你完全无法和它产生联系。在每一个饱受精神分裂症痛苦的人的意识中，都存在一个想象中的城市，除了建造它的人，这个城市很难被其他的人触碰。

我和面具骑士至今仍是朋友，他仍旧住在街上。他有毛病的那条腿仍在萎缩，除此之外，一切都照旧。有一阵子，我想尽量帮他改变他的情形。在一天早上，他提到他在费城还有兄弟姐妹，我试着说服他打电话联系他们，但他告诉我，他并不想让他们看到自己现在的状况。"另外"，他含糊地加了一句，"我家里有一些麻烦。"他不肯再讲下去了，但显然是指一些他另外的经历，而不是他的父亲。我还建议他晚上不要继续住在地铁站了，而是去收容所，他告诉我，他再也不会去任何一个收容所了，因为上次他去的时候，一个工作人员抱怨他的味道太难闻。我还问他能不能让我带他到急诊室，去检查一下他有问题的那条腿，他向我解释说，他的腿是因为政治的原因，如果他能把震动调对了，他的父亲就不会再骚扰他，他也就能够"站起来，从这里走出去了"。我从没有说过他的精神有问题，他也不相信自己患了精神疾病，有一次我提出了这个话题，他有一个星期拒绝和我说话。最后，我能帮助他的，就像是他对我的帮助一样，在那里，倾听。

当面具骑士告诉我家里有一些麻烦的时候，我第一次想到了，他可能有孩子。而他的回答，就和他说的其他内容一样，让我意外。

"我相信，孩子就在这里。我已经五十四岁了。所以我知道我的孩子们就在这里。但他们的出生，是完全不同的方式。基本上，这是通过灵魂来实现的。我不清楚你是不是知道这些，但每个家庭都有十个小孩。有些人足够幸运，可以到床上，做那个事情。九个月之后，女人去医院，然后就会有一个孩子出生。但很多人并没办法经历这些。而事实是，如果他们确实想有个孩子，他们会知道，他们也拥有孩子了。这只是他们在这儿的方式。我说的只是，我是一个人。如果一些我无法做到的事发生了，那么以某种方式，孩子们就在这儿。我一直在想我的孩子们。"

　　我几乎在这里的对话中问了他一个无可原谅的问题：他恨他的孩子们吗？因为他们弃他而去，留他一个人在大街上，和政府、和他父亲的鬼魂以及他有毛病的腿抗争着。但我可以从他脸上的表情看出，他并没有，他的笑容所透露出的爱以及作为父亲的骄傲，是无法用任何言语表达出来的。到了我们俩都开始自己新的一天的时候了。那天的早饭像往常一样结束。握手之后，面具骑士试了试自己的腿，朝着公园大道的方向跛过去。他要在中央车站和他的妻子见面。运气好的话，他可以收集到足够多的零钱去买午饭，以及另一小瓶杰克·丹尼尔，好让这一天更快地过去。我望着他沿着排列着棕色石头的街道一瘸一拐地往前走，在他身边，上班的人们行色匆匆，旁边是酒店和高楼，我发现自己很想知道柏林顿是什么样子的，我开始想象站在教堂街上是什么样的感觉——另一条美国的街道，但流浪汉们把那儿当做自己的家。

2 局外人
IIIIIIIIIIIIIIIIIIII

　　直到我第一次造访沃尔蒙特州的柏林顿，我才确切知道，流浪汉并非仅仅是纽约生活的产物，而这距离父亲过世已经整整一年了。柏林顿位于尚普兰湖的东海岸，绿山以西大概一百英里的地方，是当地旅游业的中心；三万九千的人口让它成为沃尔蒙特州最大的城市。我父亲乞讨的地方——教堂街，之后他死在那里，是市集广场的所在地，柏林顿的中心，砖头铺就的路面两旁，林立着高档的店铺，一直通向白色尖顶教堂的大门。市集广场是游客们休息的理想之所，根据季节的不同，他们在尚普兰湖泛舟，欣赏秋天的树叶，或是顺着倾斜的滑道滑下。这里也是无家可归者们的聚集地，他们在这个州的数量，据估计大约有六千人。沿着纵深分散的公园长椅来来往往的人流，为流浪汉们提供了绝好的机会：乞讨，观察，交往。

　　1996 年 1 月，第一次从教堂街醒来，周围都是穿着色彩各异的派克大衣的家庭，拿着滑雪装备，这让我感到厌倦，这种纪念品商店就像是战场，没有什么值得纪念——20 世纪的葛底士堡或是阿波马托克。在这里，人需要为最伟大的战役而战：从入侵意识的肿瘤中保存自己领地的战争。我突然记起，战争并没有结束。在灵格斯——一家高档的酒吧和餐馆对面的公园长椅上，坐着一个邋遢的留着胡子的男人，他正在抽烟，手在发抖，并在那里自言自语。路过的人即便留意到他，也会装作漠不关心。我忍住自己的诱惑，没有坐在他旁边，也没有去询问有关他的父亲、震动以及他的十个孩子的事情，尽管在短暂的一刹那，很容易产生这样的幻想，所有的流浪汉都共享着同样的象征以及个人化意义。

沿着教堂街，我继续徒劳无功地寻找着一些特别的、有意义的东西，我尝试着，期望能发现父亲的踪迹。在我大衣口袋里，我的手指紧紧捏着一张我最喜欢的照片——一张我们俩在20世纪70年代后期的折叠快照。照片里，父亲自信而英俊，坐在一张公园的长椅上。他正在点烟斗，嘴角带着一抹微笑。我在前面，冲着镜头笑，相比起其他的合照，这张照片上的我们，代表着我们都丢失的东西，我们本该拥有的东西。

在柏林顿广场商场的入口处，一个将近三十岁的年轻人，穿着染色的陆军迷彩服和一条撕破了的灰色运动衫，激动地对自己说着什么，并夸张地打着手势。熙熙攘攘的行人在他周围穿梭，就像他有自己的六倍那么大。我顺着人群走过，他注意到我正在看他。他开始变得僵硬了，这让我知道自己已经在不经意间进入了他的战场。他对我的反应如此专注，感觉就像我叫出了他的名字。我沿着街区继续往前走，有意识地强迫自己不要回过头去看他是不是仍旧在盯着我。我听到自己的声音在告诉自己，"那个人可能就是你"。

我开始对市集广场渐渐熟悉起来了，甚至能够感觉到我和当地人的步调开始接近一致。我从调查父亲死因的警官那里得知，在流落街头的时候，父亲经常在灵格斯一带活动。在快到路的尽头的教堂之前，我停下来，返回到那里。在酒吧，我透过面向教堂街的落地窗朝外看。那个留着胡子的流浪汉仍坐在长椅上，而从这个角度看过去，他正在望着饭店。

我转身，向酒保做了自我介绍——他是我在柏林顿遇见的第一个肥胖的中年男人，蓄着海象般的胡子。他在灵格斯工作已经有十七年了，保有酒保和常客聊天的习惯。我们的谈话也不是例外。当我向他询问是否记得一位叫做查尔斯·拉胥梅耶的客人时，他回答我说从没听过这个名字，然后问了旁边的客人是否对这个名字有印象。那位客人也摇了摇头。我拿出照片给他们看，并向他们描述了父亲在 90 年代初可能的样子。酒保瞪着我——我冗长的脸，高高的前额，以及突出的下巴——他突然记起了一个过去经常出入这里的人，尽管他从来都不知道那个人的名字。

每天早上，灵格斯是教堂街开门最早的地方，父亲每周至少都会来两次。1993 年春天，他第一次出现在这里，他会花整个小时坐在窗边的桌前，往外望着教堂街，偶尔，会在一个螺纹笔记本上记些什么。他总是叫一样的早餐：鸡蛋，咖啡，几瓶百威。酒保解释说，"这边有规定，早上不能喝酒。他能够进来，并得到招待，我想那是因为他的穿着更像是预科生，而不是闲杂人员，并不是牛仔和皮衣，外加很多文身；他常穿着棉质的裤子，布克鞋，配有牛津领衬衫的毛衣。"一开始，酒保也怀疑过父亲是不是无家可归，但他的穿着，还有他总是用信用卡结账，让他不那么确定了。但几个星期过去，他是一个流浪汉的事实就确定无疑了。"他的相貌在不断变差。刚开始，他的头发就和我的一样，但到了最后，就变得乱蓬蓬了，胡子也是，指甲也很脏。"

父亲外表的变化让女服务生很不舒服，所以酒保就开始建议他坐在吧台。除了他显而易见的孤立，他从没有利用过吧台先天的公共特性。"我从没见过他和别人相互交流。"酒保停顿了一下，身体动了动，将他的客人带入标准故事的开端。"他坐在那里那么多次，我们仅说过一次话。那是我唯一一次和他谈论他的举止。他坐在吧台，**自言自语**。吧台还有其他的人，他在那里自言自语让其他人觉得很不舒服，所以我就转过身去，对他说：'你不要再自言自语了。'他回答我说：'我不是在自言自语，我是在和我母亲说话。'于是我和他说：'那就这样吧，和她说话，但是你的嘴不要动。'他**照做**了。他不再自言自语。他很安静地坐在那里，喝完啤酒，然后离开了。"

酒保笑了笑，耸耸肩膀，他的故事也结束了。吧台的常客们的脸上挤出笑容，这不是他们第一次听到这个故事。我感谢他为此付出的时间，然后离开了。不确定接下来该去哪里，我坐在横在街道的长椅上——那个蓄胡子的流浪汉已经去了别处——从他曾在的有利位置看着灵格斯。过了好几分钟，我才意识到，下雪了。我把父亲流浪汉的形象从脑海中驱赶出去，开始想，事实上，在他母亲去世二十年之后，他听到母亲和他说话的声音。毫无疑问，在生命的最后，父亲在回望他的过去。警官在他的公寓里找到的校友会名录，威廉玛丽学院，他在那里上了大学，波利主日预科学校，他上中学的地方。问题是：他在找什么？校友会名录可以很容易地给出充分的解释，为了得到工作机会，他在广布罗网，希望能够联系到在他的麻烦开始前就认识的人。然而，这些并不能够解释他可以听到母亲的声音。

雪停了。游客从四面八方涌过来，他们的声音和杂乱的脚步，惊起一群鸽子，在教堂街的上空徘徊。灵格斯逐渐被用午餐的人们填满了。我试图透过父亲的眼睛看着眼前的景象，但我做不到。坐在公园的长椅上，置身教堂尖顶的阴影之中，我意识到，我无法理解存在于他的世界当中的那些可怕的象征。精神分裂症的一个标志性象征就是听觉上产生的幻觉。他能听到声音并且"自言自语"，这一点也不奇怪。但是我忍不住问自己，如果有的话，幻听里出现母亲的声音，意味着什么？

最终，我放弃了，返回车里去。我意识到，想要理解父亲流浪汉的生活，我需要开始的地方，并不是沃尔蒙特州的柏林顿，他死去的地方，而是在纽约的布鲁克林，他出生的地方。

我在佩勒姆长大的那段时间，会尽量避免呆在地下室。碰到我需要洗衣服，或者拿自行车出来，我会让自己尽快穿过那个冰冷、没有完成全部装修的房间，我的心跳会加快，眼睛匆匆掠过那只裸露的灯泡投射下深深的无法触及的阴影，那是唯一的光源。吓到我的不仅仅是黑暗。家里的猫在一次误食了老鼠药之后，藏在那里，等待死亡的降临。这一点让我把地下室和死亡关联起来。这也让我能够理解，在1979年祖父去世时，父亲正是把装有祖父和祖母遗物的箱子存放在这里，而祖母，早在四年之前就离开了我们。

房子依旧在我们家的名下。我从柏林顿返回的当天，坐火车到了佩勒姆，从地下室里把手提箱翻了出来。它们就在衣柜后面，紧挨着我的旧棋盘，一个堆放在另一个上面，当我找到它们的时候，我的手在颤抖，之前的恐惧又回来了。而当我发现在箱子和墙壁之间藏着两个棕色的纸袋子时，这种恐惧又加剧了。每个袋子里都放着一个用来装六瓶啤酒的空壳子，还散发着微弱的啤酒味道。在父亲最后一次驻足这里之后，相隔这么多年，竟然还留有他偷偷酗酒的痕迹，这太让我吃惊了。这种感觉，就如同我正在入侵一个墓穴。我把袋子放了回去，开始在手提箱里翻找。

站在裸露的灯泡下，我读着古老的信件和地址簿，看着照片中那些我分不清谁是谁的亲戚们，审视着祖父二战时期的纪念品。尘土和这些久远的人们让周围的空气变得凝重，让我想起祖父母在布鲁克林湾岭的公寓。对小孩子来说，那并不是一个亲切的地方，房间里到处摆放着各种易碎的小古董，家具都用塑料布盖着，而电视一直开在那里，声音很大。祖父母在我能够记住他们之前就过世了。我通过照片认识了他们，但看着他们的脸，会让我觉得很不自在，因为他们似乎和我所身处的世界毫无关联，除此之外，并不能唤起其他任何特别的东西。

整理完遗物，我把地址簿和信拿出来，返回曼哈顿。接下来几天，我联系了祖父母的地址簿里的每一个电话号码，但却连一个能够记得他们的人都没找到。我去湾岭拜访了他们的老邻居，在布鲁克林的报纸上登了些广告，但均无功而返。我意识到，太多时间过去了，布鲁克林已经将拉胥梅耶一家淡忘了。我所知道的，唯一可以告诉我父亲成长经历的人，是他的表兄弟，克利福德·埃里克森，最开始，警察就是通知了他父亲的死亡。

一周之后，我坐在克利福德的客厅，审视着他的脸，试图从中找出岁月在这一家族中的印迹。他和我记忆中的样子一模一样，就像家族中其他的男人一样，脸比较长，方下巴，额头很高。小时候，和克利福德在一起，我都会感觉不舒服，现在，作为一个成人，我明白了为何如此。他亲切的笑容，和镇定、不急不缓的语气更像是自我控制的结果，而非天性使然———一种因神经而使脸部有规律地活动的表情。克利福德和他已故的弟弟乔尔，都是由我的祖父母抚养长大的，很小的时候，他们就失去双亲。我们讨论着我父亲的成长，由此，我自己开始好奇，在拉胥梅耶家庭的成长给克利福德带来了什么样的影响。

我的祖母多萝西·卡帕1905年出生于布鲁克林，是家里三个孩子中最小的。多蒂①的父亲是一位面包师。而她的母亲，则据称是德国皇室的后裔，在19世纪初，欣德勒伯爵在家道中落之后卖掉了自己的头衔。中学毕业之后，多蒂就开始做一份秘书的工作。她生就一张漂亮的脸，但却过于肥胖，自己也懒得打理那一头有点凌乱的头发，这让她看上去总是在忙着，不整洁的样子。她的外貌也因为神经痉挛而大打折扣，有时候，牙齿会不自觉地相互撞击。

据大家说，多蒂是一个很不幸的人。她很傲慢，不同寻常地孤僻，而且极度怀疑自己周围的动向。说到她在社会交往中的类型，克利福德描述了这样一个在20世纪50年代非常典型的和邻居间互动的例子，"我们在楼里，准备回到公寓，有人转过身来问多蒂，'今天孩子们怎么样？'多蒂回答道，'你问今天孩子们怎么样是什么意思？难道他们昨天有什么事？'多蒂是个极度敏感的人。"

我的祖父，威廉·拉胥梅耶1906年出生于布鲁克林绿点社区铁路旁一所没有热水的公寓里，父母都是工人阶级。比尔②个子不高，肩膀也有点窄，大鼻子，脸上总带着胜利般的笑容，他将此归功于他的爱尔兰血统。十四岁离开家之后，他找了一份白天的工作。1932

---

① 祖母多萝西·卡帕的昵称。

② 祖父威廉·拉胥梅耶的昵称。

年和多蒂结婚时，他开始了在"B.U.G"——布鲁克林天然气联盟的工作，并且一做就是四十年。再接下来的十七年中，他用了十五年的时间参加夜校，最终拿到了商务管理专业的硕士学位。比尔在恋爱时期，以及之后，在二战期间写给多蒂的信，都可以看出他是一个被动的人，性情温和，颇具宗教气质，深爱着他的妻子。

一直到 1943 年，多蒂和比尔唯一的小孩，查尔斯·威廉·拉胥梅耶才出生，这时他们结婚已经十年了。那时候多蒂和比尔住在布鲁克林湾岭一间很小的一居室公寓里，可以步行去汉密尔顿堡和拉菲特堡。比尔三十七岁，而多蒂三十八岁。据家族传说，多蒂因为生理的原因无法怀孕，但 20 世纪 40 年代早期，一次阑尾摘除手术似乎消除了这个问题。儿子出生之后，多蒂对他的态度也说明她对自己的怀孕始料未及，而之前的问题，也极可能只是她并不想要小孩所尽自己所能而做的尝试，这在当时是无法被接受的。

查尔斯出生三个月之后，比尔应征参加二次世界大战。这客观上允许了多蒂继续工作，查尔斯开始和多蒂的姐姐弗朗西丝，以及她的丈夫、两个儿子克利福德与乔尔一起生活，他们也住在同一栋楼的一居室公寓里。多蒂只有在弗朗西丝家吃饭的时候才会见到她的儿子。奇怪的是，一直到 1945 年 10 月比尔从战场回来之后，查尔斯仍住在那里。那时候查尔斯管弗朗西丝叫"妈妈"，却直呼多蒂的名字。显然，多蒂把照顾儿子的任务永久性地交给了姐姐。

然而，1947 年，意料之外的事情发生了。那时的弗朗西丝还只有三十九岁，就因为心脏病去世了。她的丈夫，在那个时候本该不再是混迹于酒场的酒鬼，也一并消失了。多蒂和比尔把查尔斯带回家，出于责任，同时也把弗朗西丝的两个孩子，克利福德和乔尔一起带回家抚养，但是，两个孩子只有十岁和五岁。五位家庭成员一起挤在一居室的公寓里。尽管他们的境遇发生了戏剧性的转变，但多蒂仍旧抗拒着母亲的身份。多蒂和比尔从没有正式收养克利福德和乔尔，她也继续鼓励查尔斯叫她的名字。这样暧昧的境地让三个孩子之间的关系不那么容易，还有点混乱，他们的一生，都称呼其他的人叫表兄弟。

据克利福德说，多蒂新的家庭义务对她的影响很大。"她从未做过一个真正的母亲，却要一下子抚养三个孩子，对她来说是很大的压力。事实上，有一段时间，在我母亲过世之后不久，多蒂完全停止了进食。她一下子瘦了那么多，感觉就像她也要死掉了。"面对姐姐的死亡，以及随之而至的责任，基督科学教成了多蒂的慰藉，这是姐姐在去世前不久介绍她加入的。姐姐去世之后，她开始定期参加一些仪式，还经常带着查尔斯、克利福德和乔尔一起。比尔依旧是一名虔诚的天主教徒，但对她的突然转变也没有多加反对，显然是被天主教和基督科学教表面上的相似性说服了。如今克利福德还是一名热心的基督科学教教徒，他认为"正是通过基督科学教的治疗，多蒂恢复了"。

基督科学教运动兴起于 1875 年，运动的发起人玛丽·贝可·艾迪，亲自撰写的《科学与健康》在那一年公开出版。正如《科学与健康》中所宣扬的，基督科学教的两点主要教义是：一，物质世界并不独立存在于我们的感知之外；二，我们对物质世界的感知是虚幻的信仰，是一种罪，它让我们不能够生活于精神的世界。我们的身体、大脑，我们周围的世界，出生，以及死亡——这些都是虚幻的假象，阻止我们与基督科学教所称谓的"神圣的精神"合为一体。基督科学教引人注目的地方在于，它教导人们疾病、衰老以及死亡并不存在，所以它能够治愈任何疾病，停止衰老，甚至避免自然死亡。这种方法在基督科学教中被认为是有效的，因为他们相信正是对疾病、衰老以及死亡的虚幻信仰导致了这些现象的存在。基督科学教主张《圣经》中的奇迹正是基督的科学在起作用的丰富例子，而耶稣，实际上，是第一个基督科学教徒。正是通过这样的主张，基督科学教派稳固了自己的学说，让自己合法化。

一种自大与偏执被微妙地交织在基督科学教派的肌理当中，可能正是这一点吸引了多蒂，远远胜于它所许诺的和基督的亲缘关系。即便不去仔细考究基督科学教派的创始人玛丽·贝可·艾迪奇怪的生活，作为基督科学教的"发现者"，在这位自称是所有基督科学教徒的"母亲"的身上，所有岁月的痕迹都显露无遗，而光凭她对这一点的解释，就能知道这是一个没有价值的学派。她当然不能将其归咎为信仰的缺失，所以她转向其他地方，其他人，或是被她称作"恶意的动物磁性"的东西。动物磁性，也就是催眠术或是催眠状态，这在玛丽·贝可·艾迪撰写《科学与健康》的时候，是当时一种很有说服力的、非常流行的代替治疗的学说。她相信，动物磁性，用精神的力量来帮助别人康复，既不真实，也非善意。

在最新编辑的《科学与健康》中关于《揭露动物磁性》的章节中，有这样一种偏执的想法："动物磁性温和的形式正在消失，它更具挑衅的特质正在显露出来。深藏在隐蔽的凡人的思想当中若隐若现的罪恶之网，每一时刻都在变得更加复杂，更加微妙。因此，如今动物磁性的方法是如此隐秘，它们一如既往地将岁月捕捉为慵懒的囚徒，并生长出罪恶所渴望的冷漠。"玛丽·贝可·艾迪相信，恶意的动物磁性能够损害基督科学教实践者们的精神，破坏他们恢复自身和他人的能力，甚至杀死他们；这就是所谓的"精神刺客"，正是他们导致了自己的衰老和疾病。她甚至指责这些精神刺客杀死了她的第三任丈夫，尽管他的医生诊断他死于心脏衰竭。在1882年发表的写给《波士顿邮报》的一封信中，她写道："我丈夫死于恶意的催眠术……我知道是毒药杀死了他，并不是物质上的毒药，而是一种催眠的毒药。"

假使多蒂是透过基督科学教来使自己恢复的，那也不会是克利福德所以为的方式。基督科学教给了她一套能够被社会所接纳的体系，若非如此，她的一些想法将会被视为思维紊乱的症状。而把自己异常的性格特征归结为一种宗教信仰体系的一部分，多蒂避免了在她自己的行为和她所处的社会环境的预期之间做出和解的努力时所产生的压力。

多蒂对基督科学教派的信仰远远不止偶尔阅读《科学与健康》。在1947年之后，它几乎主宰了多蒂生活的方方面面，对她的家庭也产生了非常深的影响。比尔在某种程度上因为他的天主教信仰被孤立了，但孩子们在成长的过程中，处处被要求用一种夸大的妄想体系来感知世界，而这样一种对世界的感知，恰恰排斥着通常整个社会教导孩子们所认识的现实。

在我成长的过程中，父亲只对我提到过一次基督科学教派。当我在一个朋友家吃饭时，他的父母总是强调不让我把手肘放在桌子上，我曾为此向他询问缘由。他告诉我，不同的父母相信不同的东西，所以他们养育子女的方式也不尽相同。为了解释，他讲了一个自己小时候的故事。当他还是孩子的时候，有一次他在多蒂面前跌倒，

父亲和他信奉基督科学教的母亲

膝盖擦伤了。他嚎啕大哭，但多蒂只是站在那里盯着他看，并没有过来安慰他。后来，终于，她和他说："你没事的，想想你并没事，伤口就会自动消失的。"父亲的舅舅弗兰德听到哭声出来，帮他清理了伤口。但多蒂让他别管，并不停对我父亲说："它会消失的。你要一直想着什么都没有，它会自动消失的。"当我询问父亲为什么她的母亲没有帮助他时，他告诉我，因为她信仰一种叫做基督科学教的东西。

父亲从没接受过基督科学教，这并不像他的表兄弟们。面对多蒂持续不断的劝说，他的倔强和思维上的独立让他孤立于整个家庭之外。这么多年，父亲并没从基督科学教那里获得任何解脱。据克利福德回忆，"在还是孩子的时候，他没有机会参加很多家庭之外的活动，我们是一个很封闭的家庭，除了家庭活动之外，你很少有机会去做些什么。"父亲主动从这些活动中退出，取而代之，他将这一领地让位于想象。作为一个小男孩，他会花几个小时坐在床的旁边，手里拿着一只袜子自娱自乐，幻想着他的手是一位纵横沙场的骑士。在 104 小学的时候，他会讲一些野蛮的故事，来惊吓他的朋友和老师，或逗他们开心。比如克利福德记得，"他讲了一个关于他的一只红老鼠的故事，还有他们所经历的冒险，这把查尔斯的一位老师给吓呆了。老师不相信这个故事是真的。但实际上确实如此。那是一只橡胶老鼠。"

和克利福德谈论着基督科学教以及它加诸父亲身上的影响，年幼时和父亲关于基督科学教的对话也一直盘旋在我的脑海。我开始理解，父亲的童年被她母亲的信仰体系深深影响了。我也开始猜测，这些影响和父亲在柏林顿期间的幻听是否有关联，在他母亲去世那么久之后，她的声音出现在他的幻听之中。而坐在一个真正的信徒面前，我无法直接找出这之间的关联。在我和克利福德说再见之前，我问他对我父亲的结局怎么看。他将其归结为个人失败、自大和酒精的侵蚀，而这些年来，他曾多次尝试过让父亲重新认识到基督科学教的真谛，这并不让我感到意外。即便到了最后，克利福德仍相信，基督科学教是可以拯救他的。

夏天是父亲童年最快乐的时日。每到夏天，拉胥梅耶家庭就会离开布鲁克林几个星期，和多蒂的兄弟弗兰德一家的大军汇合，到卡茨基尔的格林伍德湖消夏，弗兰德继承了那里一套改建的公寓。我们的谈话结束之前，克利福德建议我打给弗兰德的孙女玛里琳，从那里可以听到父亲在格林伍德湖的一些经历，但我之前从没有听说过这个人。我到家之后就打给了她，我非常急切地想知道，父亲的童年在她的记忆中是什么样的，而另一个原因，是我知道家族中他们的那一支并没有受到基督科学教的影响。

我以为她和父亲长大之后就再没联系了，但她告诉我，父亲在1986年的时候联系了她，这多少也出乎她的意料，毕竟他们已经有二十五年没有互通音讯了。他们回想着在格林德湖的时光：每天清晨，在吃早饭前去湖里游泳，下午则坐在小山的高处眺望着在他们年轻的眼中遥不可及的山脉；那时候他十二岁，而她只有九岁，他们躲在小屋后面，生平第一次接吻，却被一群蜜蜂追赶到外面。回顾起这些往昔的情景，三十年的时光在瞬间消逝。当他们记起家里人为了让他们消肿，在他们身上涂满泥巴的情景，都忍不住大笑起来。笑声让玛里琳想起了那个在她年少时曾爱上的男孩。

格林伍德湖的夏天让查尔斯第一次有机会摆脱家庭的阴影。每年，在格林伍德湖，查尔斯似乎都会找到一只流浪狗，他照顾它，而它则成为他夏天忠实的伙伴。他喜欢去湖边的丛林探险，而狗总是伴他左右。玛里琳也经常加入他们的冒险。查尔斯对丛林了如指掌——树和岩石的名字，他找到的每一块化石的历史——他也热衷于充当玛里琳的向导。在玛里琳眼里，随着他们离开公寓越来越远，他也变得更加轻松快乐。"他和他的表兄弟以及父母都很不一样。他人非常好，充满活力，也比其他人更爱思考。我记得有一天，我们坐在山坡上。那一定是我们在那里最后的一个夏天。我问他在格林伍德湖最喜欢的是什么。他对我说，他喜欢在外面；他接着说他觉得这让自己成为一个局外人。我总是记得他说的这句话，因为我觉得他就是这样。一个局外人。就如同，他是自己家里的陌生人。"

1986 年的电话聊天之后，查尔斯每年都会联系玛里琳一两次。他总是在那里滔滔不绝谈论一些和过去相关的东西，这多少让她意识到，他过得不如意。感觉到他并不快乐，而且很孤独，她开始想知道他是不是成了一个酒鬼，在家族中，这样的情况很多。他们后面的一次通话让她证实了这个猜测。从查尔斯的声音可以听出来，他正在承受着感冒的折磨，玛里琳劝他要吃好一点，但他说，冰箱里除了啤酒，什么都没有了。

直到 1993 年 1 月，他们最后一次通话，玛里琳从没怀疑过查尔斯精神出了问题，而两个月之后，查尔斯就流落街头了。那次通话到了结束的时候，玛里琳突然明白，查尔斯已经疯掉了。"出于什么原因，他想给我一些东西，就好像我值得从他那里得到什么。我问他：'你在说什么？'他跟我说：'好吧，你想见总统吗？'我问他：'你是什么意思，查尔斯？'他回复我道：'恩，你知道，我可以让他飞过来见你。我想让他来见你。你想和他见面吗？'我想告诉他总统可能很忙，但他还是那样一直重复着。最后，他答应会再打给我。他再没打来。"

那天晚上，我仔细考虑了这些新的证据，父亲在这几个月一直回到过去，这之后他开始流落街头。在他母亲去世二十年之后，他听到了母亲的声音，这并不仅仅是偶然的现象。我想知道，当他和玛里琳回忆着格林伍德湖，那是什么样的感觉——时间开始之前的时光，那时他仍拥有未来。而回想起他关于总统的说辞，我也想知道，他抛弃了一套年少时宏大的沾染着偏执和妄想气息的妄想性的系统，转而在之后的生命中去拥泵另一个更加异质的体系，这是否只是巧合？

在结束了 104 小学九年的学习之后，1957 年父亲拿到了波利主日预科学校的全额奖学金。这是湾岭的一所私立贵族学校。1996 年春天，我去参加了他们班级的第三十五次聚会。带着印有名字的卡片和一顶三十五周年聚会的棒球帽，一整个下午，我都在樱花盛开、到处生长着草坪的校园里，和那些与我同样装扮的人聊天。学校已经将我此行的目的告诉了父亲的同学，他们都很乐意帮助我，尽管我的出现与他们的怀旧情愫显得格格不入。

波利预科学校给查尔斯提供了一次智商测试的机会。他立马作为一个特例被学术委员会接纳，但是他没有忘记自己是一个局外人。一个同样也获得奖学金的学生所记得的，"我和查尔斯经常会讨论，我们本应在公立学校，却进了一个学生比我们有钱很多的地方。有一段时间，我们会区分'我们'和'他们'。我猜查尔斯对这样的区分乐在其中，不仅仅是因为他在学业上出类拔萃，更是因为他要在这些人自己的游戏当中击败他们。"显然，查尔斯习惯于和环境隔离的感觉，自己与周围的人不同。他并没有尝试去适应波利预科学校；相反，他竭力让自己成为一个局外人。

中学让查尔斯第一次真正意识到，确实存在着一个世界，那是在玛丽·贝可·艾迪的教义所定义的现实之外的。他为自己新得到的自由感到狂喜。第一次，他不再需要去摒弃那些涌上心头的想法和信念，而只需要努力学习，用他全部的能力去学习。受到鼓舞的查尔斯开始用一种批判的眼光去审视自己的家庭和他们的信仰。那时候社会科学并不在中学教授，他利用自己的业余时间，泡在图书馆，通读每一本他可以找到的和家庭相关的心理学和社会学的书籍。他尝试对自己家庭成员间的交互作用做动态分析，并尽量减少自己对其他人的影响，这时候，查尔斯成为了一名初生的社会理论家。

在结束了柏林顿之行后，我开始阅读父亲那些早期发表过和并未发表的学术创作。我在勒姆房子地下室的一个文件储物柜里找到了它们。我发现，在读大学的期间，他曾写过一部手稿《解释人类行为》，这部手稿有一本书那么长，里面可以看到他在努力克服当代社会学研究方法论的不充分性。有一个特别的段落，他为我们提供了作为一个青少年，他尝试去理解自己家庭的症结所在的洞见。在讨论对社会行为解释的有效性的实验方法的过程中，当面对理论家不仅仅是研究者，还是参与者的时候，他用了下面的例子。

"假想你是命令式的、难以相处的父母的儿子。这样的情形你在几年前就知道了，但是你愿意做出牺牲，因为你假设父母会为你做任何事情。然而，从一些琐事中你开始怀疑他们是完全自私的：他们要你牺牲，但是不愿意为你做任何事情。你决定通过产生一系列的社会行为来测试这种解释性的陈述，在测试当中，父母将会付出，而你是获益的一方。比如，假设每年圣诞节，你的哥哥、嫂子以及他们的孩子都会来住在你父母的家里。每年圣诞节，你都心甘情愿地让他们住在你的房间，而你却在接下来的五天当中要睡在临时搭就的地铺上。你决定，今年的圣诞节要检测自己的预测。你拒绝空出自己的房间或是去睡地铺。那么接下来你就可以来观测父母的反映。你期望父母会勉强同意，让你哥哥一家去住最近的旅馆——当然毫无疑问他们会很犹豫，但他们还是会让步。要是预期正确，然而，父母亲会变得比以前更喜欢命令，你每一次的拒绝都会遭到更加强烈的反对。他们不会让步，会竭尽全力让你放弃。作为一个理论家，实验的尺度以及验证的满意度，都取决于你的决定。"

读了这段话，非常肯定的是，查尔斯在他的青少年时期实施了这场试验。克利福德就是假设当中的哥哥，那时查尔斯还住在家里，克利福德结婚了，并有两个孩子。查尔斯总结道："为了检测这些预测，理论家必须依据预测来控制他们自己的行动。同样地，在一瞬间愿意并能够改变他的行动以及反应也是必须的——对正常人来说这并不容易。"

这种自我吹嘘的状态或多或少是真实的，或许比他以为的更多。

当然，查尔斯在"普通"的意义上使用了"正常人"，而不是相对于**"不正常"**。但把自己的家庭作为科学研究的对象，这一现象本身是不正常的。他进行了这些"试验"并不意味着查尔斯本人不正常；"试验"是一个非常聪明的小男孩在面对复杂的环境所做出的颇具创造性的回应。但将日常生活之中的相互影响作为一系列衍生试验，而实施者本人需要隐匿在观察对象之间，并被他们所影响，在这样的规则主导之下的游戏，本身就存在着混淆的可能性，并需要承担压力。而当一个人以自己的家庭作为试验对象时，这就更显得真实。

在完成了波利主日预科学校第一年学习的夏天，查尔斯并没有再次回到格林伍德，这是他的成长和家庭的分裂的反映。取而代之，他在瓦斯肯学校一个湖边的男生学习营地找了一份洗盘子的工作。这个营地位于缅因州中部的德克斯特，一个大约有五千人的镇上。当他在夏天结束再回到布鲁克林时，查尔斯在克利福德和他在波利预科学校同学的回忆中都变得不一样了。

在德克斯特的工作对查尔斯是一个转变。傍晚，他开车到德克斯特，和镇上那些无业者一起，在街边的门廊闲逛。他们大多是粗人，不受约束，也有点危险。但就是坐在这些门廊的台阶上，查尔斯平生第一次听到有人公开嘲笑基督科学教派。也是在那里，他头一回发现自己对酒精的偏爱。两者都让查尔斯首次尝到了叛逆的滋味。多蒂不喝酒，也不赞成饮酒，他也知道多蒂绝对不会允许他和背离基督科学教理想的人交往。在德克斯特，查尔斯发现了一个和波利预科学校，和努力学习所承诺的未来大相径庭的世界，这个世界让他想到湾岭，想到他工人阶级的出身，但这些都是基督科学教和他生活的与世隔绝的家庭所不能触及的。第一次，他能够作为一个局外人而存在，但在这里他却不需要独自一人。他手里拿着啤酒，像一个下层人一样，被接纳进社会下层阶级的行列。

查尔斯对在德克斯特所遇到的人的认同，丝毫没有影响他在波利预科学校以优异的成绩完成自己的高中学业。之后，他选择去弗吉尼亚州威廉斯堡的威廉玛丽学院继续深造，他得到了那里的全额奖学金。那年秋天，在继乔尔和克利福德之后，1961 年 6 月，查尔斯从波利主日预科学校毕业。那年夏天，他又回到瓦斯肯学校打工。坐在德克斯特的傍晚，拿着啤酒，查尔斯获得了前所未有的快乐。能够离开布鲁克林和自己的家，为此他感到一阵狂喜。他有理由相信，未来是属于他的。

3 守门人
||||||||||||||||||||

　　1996 年的夏天，我挨个写信给父亲在威廉玛丽学院的同学，用的正是和警官在父亲去世的公寓里发现的同一本校友录。接下来的几个月当中，我收到的回信和电话的数量足以让我惊讶。对一个人的记忆，可以这么久地存在、并隐匿在如此多人的记忆当中，这让我想起父亲在他的一本妄想之中写下的册子中的话，忆及自己父母的死亡，他写道："我们都继承记忆的遗产，就像我们继承财产一样。"

　　借着同学们的回忆，父亲的形象一点一滴慢慢被拼凑了出来：十八岁的他操着浓重的布鲁克林口音，才智出众，做事有逻辑，有散漫不羁的眼神。他个子很高，体格健硕，硬朗的下颌线，长得仪表堂堂。说话的时候，总是富有生气，他的谈吐也总能给人留下深刻的印象，尽管常常是在相悖的两个方面——富有涵养而又桀骜不驯——而且，他从不为了配合威廉姆斯堡的节奏而放慢语速。虽然除了他的布鲁克林口音，这些人的记忆似乎和我记忆中的父亲很难有相像之处，几个同学带着笑容给我描述了父亲的形象——每天早上，父亲急速地穿过校园，后面紧跟着一条他曾帮助过的校园流浪狗，与周围的环境显得格格不入——这是对父亲的回忆中最美好的画面，即使透过电话，我依然可以感觉得到他们的笑容。

那些通过偶然机会认识查尔斯的人都觉得他是个阳光、充满自信、有自制力的人，是个人物。几个和他更熟一点的人，则觉察出他在严谨的学术气质和自发的街头气息间的摇摆不定。布莱恩·沙博是查尔斯在威廉玛丽学院三年的舍友，他对查尔斯的公众形象和私人生活之间的差异体会更深。"他让自己显得桀骜不驯，一副很了解自己的样子。这和他独处时截然不同。在别人面前，他总会讲一些喝酒或者'邻里之间'之类的故事，有时候，我觉得他甚至是故意去做一些动作让别人怕他。但他也是一个非常聪明、智慧出众的人。当和别人谈论起他的想法，是他表现最为自在的时刻。这时候的他，就不再那么桀骜不驯，而显得更加放松了。"

　　在十八岁，查尔斯深陷在自己不同寻常的成长过程和他期望征服的新世界之间的沟壑。到了威廉玛丽学院之后，他抛弃了基督科学教和他的家庭。但是他不可能完完全全地根除十八年来所吸收的各种混杂的信息，十八年来他一遍遍地被灌输着怀疑自己的感知和信仰，这些一点点累积起来，在他身上留下了根深蒂固的影响。为了努力消除自己的身份认同，同时也要应对大学生活所带来的压力，他开始编造一个更加浪漫虚构的过去。他充分利用了作为一个布鲁克林人和南方上流社会的文化区分以及他在缅因州德克斯特的经历，制造了一个公众眼中局外人的形象——一个从纽约下城区来的小孩。借助酒精，查尔斯成功地塑造了自己的公众形象，这又是对这一形象的有力佐证，而且也在另一方面解决了他的不安全感。沙博回忆道："他喝的酒绝对比我们任何人都多。我还记得他偏爱廉价的酒。他会拿着一瓶雷鸟，开着它的玩笑，但它会是他周末的一部分。"

　　不过，查尔斯从没有让他的新伪装或他对酒精的品位影响到自己学术上的追求。他依旧对自己家庭的动力学保持着高度的热情，并转向社会科学寻求答案。在第一年修完大部分基础课程之后，查尔斯在大二的时候选择了心理学、社会学和哲学的课程。在教授的鼓励之下，他决定将社会学作为主修学科，在导读课的课程介绍中是这么定义这门学科的，"关于历史、发展、组织，以及作为社会群体居住在一起的人们所面临的问题的研究。"他的辅修为社会心理学。在学分修满的时候，他所修的每一门社会学课程都拿到了 A。他找对了适合自己的地方。

1996 年秋天，我拜访了威廉姆斯堡，从父亲的两位在威廉玛丽学院的教授那里得到更多关于他对社会学的兴趣的信息。威廉姆斯堡是大规模重建殖民时期生活风貌的地方，"未来需要汲取过去的营养"，这样的信条主导着威廉姆斯堡的城镇，因此，18 世纪和 20 世纪的影子在历史和商业中相互交错，呈现出一派超现实的离奇景观。走在格洛斯特公爵大街上，我正想着该问他们些什么问题，这时，一个身着古代装扮的演员出现在我面前，他用古代的方式和我打着招呼，并夸张地鞠着躬。这样混杂着过去和现实的邀请让我记起了教堂街，一个流浪汉用同样迷失的表情邀请我进入他想象的世界。

我转身继续朝着学校的方向走去，没有理会他。但即便是在校园里，周围也到处弥漫着 18 世纪的影子。院落里装饰了战争时期的大炮，巨型雕像以及数不尽的纪念奖章。穿过院落，我毫不费力地发现，托马斯·杰斐逊、詹姆斯·罗门和约翰·马歇尔都曾是威廉玛丽学院的校友。对过去的保存似乎赋予了威廉玛丽学院从时光的流逝逃脱的力量。尽管现在的学生人数大概是过去的三倍，大约有七千五百人，但和我父亲1961年入学的时候相比，并没有多大的差别。我有点希望自己能够在某一个四方的院落中遇到他，一起加入一场关于当时最重要的几本书的热火朝天的辩论当中：大卫·莱斯曼的《孤独的大众》或者赖特·米尔的《精英的权利》。

我到达威廉姆斯堡的当天，韦恩·克诺德尔博士在他的家里欢迎了我的到来，他已经退休了，但在20世纪60年代，他曾是威廉玛丽学院社会学系的主任。他言语中仍带着南方口音，透着一股活力，让人难以相信他已年过八旬。克诺德尔博士热情地和我握手，并把我介绍给他的同事，埃德温·瑞尼博士，他也是南方人，同样曾在威廉玛丽学院教过父亲。我们刚坐下，克诺德尔博士就笑着问我，还记不记得我们曾见过。我摇摇头，他大笑着解释说我们在1973年就曾见过面的，那时我父母曾带着我一起来威廉姆斯堡度假。我对那次旅行毫无印象，那时我才四岁，但我确实有几张我和父亲戴着俗气的殖民时期帽子的照片，说明确有其事。

克诺德尔博士清楚地记得那次拜访。"我和妻子正坐在房间里。门铃响了，我走到门口，看到这个高大的人。他说：'你可能不记得我是谁了。'我和他说：'快进来吧，查尔斯。'他告诉我：'我带了我的妻子和儿子一起。'你们都进房间呆了一会。我们聊得很愉快。那时候查尔斯做得很好，在纽约教书，也发表了很多东西——独立出版社刚出版了他的第二本书。我能记得他看上去非常好，成熟了许多。"

在这次三口之家逗留威廉姆斯堡的时候，父亲也造访了瑞尼博士的办公室。他比克诺德尔小一辈，现在仍在学院任职。他摸着平时上课时戴的领结，微笑着沉浸在回忆当中。"很明显，他对自己的生活非常满意，他和妻子看上去都很幸福，那个到处跑来跑去的小家伙也让他骄傲。他很干脆地说:'这是我的孩子。'谈到他的工作,他也非常兴奋。确定无疑,他充满干劲,并开始为自己赢得声誉。"

查尔斯在 1961 年春天正式成为克诺德尔博士的学生,他很快就被这个从纽约布鲁克林来的年轻人吸引了。"他很聪明,是社会学系有史以来最优秀的学生之一,也是威廉玛丽学院最优秀的学生之一。"在接下来的三年当中,查尔斯经常在办公时间和克诺德尔见面,讨论一些在当天课上的问题。克诺德尔也特别愿意加入这样批判的交流中,进行智力上的冒险。回忆起往事,他嘴角明显带着笑意,"他不会仅仅接受理论,而是会争论。"笑容从克诺德尔的脸上转向瑞尼,"查尔斯绝对是一个爱提问的人。而且他也能为问题寻求答案,很难说哪一方面更能让他乐在其中。他超乎寻常的力量,来源于他思想的明晰和原创性。查尔斯不仅仅是我所亲历过的最聪明、反应最快的学生之一,他也是他们中最特别的一个。他用一种有别于大多数人的眼光去看待这个世界。"

听了克诺德尔和瑞尼对他们学生的描述,我暂时忘了柏林顿,忘了横亘在这两者之间的时光,我似乎看到了他们眼中的父亲:一个前途不可限量的极具天赋的年轻人。而从我生长在父亲的妄想体系下的经历,能够感觉到是什么带给他不一样的视野——被作为一个基督科学教教徒抚养长大。

当父母教给孩子看待世界的方式与他自己对现实世界的经验完全相悖的时候,摆在孩子面前的有两条路:接受父母的观点,或是,在很小的时候就上了人生中最重要的一课——现实被发现,也被创造。除此之外将无法解释,比如,一个人如何能看懂一本书,并开始确信她有关物质世界的所有经验是错误的信仰，这些错误信仰反映出她的罪孽，即竭尽全力使别人认同自己的观点。一个小孩开始意识到父母的想法是被修正的妄想的产物，会学到我们最神圣的信仰只是对信念的表达，而非客观事实——我们的物质世界和社会不可更改；我们对自己的感知不可更改——在生命中，没有什么能够自然地取得，就像被上天赋予一样。

克诺德尔和瑞尼是最早鼓励查尔斯的人，也是最早为他内在的怀疑论塑形和指引方向的人。他们很快就发现他的天赋，他并不从属于任何流派的批评能力。在任何时候，在所有的学院，大部分最聪明的学生都会以其各自的原则追随当下的、最流行的理论。他们的智慧显而易见，并不是因为他们在自己的领域当中批评和分析当下的趋势，而是因为他们对当下思想的吸纳和拓展。可查尔斯是从社会学领域独具批判性的地方出发，甚至去信奉它的可能性和诱人之处。

在他第一本著作，1971 年由哥伦比亚大学出版社出版的《社会学的语言》的导言中，查尔斯这样总结自己的观点："作为一个社会学专业的研究生，尝试让社会学和我周围所见到的事物相关，这让我模糊地感觉到自己在学识上的欠缺。在那些最伟大的前辈的鼓舞之下，我感到困惑，社会学缺乏解释我们所看到的人类行为的解释力。我试图在我的日常生活当中应用我所学到的普遍概念，但没有预期的效果：每一个解释都会产生相反的阐释，每一个概念都有对立面。"

在四年级的时候，查尔斯决定申请攻读社会学博士学位。在他当时完成的论文里，也就是 1964 年的秋天，可以看到查尔斯正朝着一个未来的社会学家的方向前进。"科学对人提出理论结构和现实模型的要求。尽管这意味着在对知识的追求上有所帮助，但也会导致思想的僵化和对最终目的的背离。他们可能被视作看待事情唯一正确的方式，成为引导人们穿越真理的障碍。这些思想的陷阱对人类来说是最具有毁灭性的，也是最微妙的。"为了保持思想的灵活性，扩展人类的知识是具有根本性意义的。"理论和模型必须不仅过滤变动着的现实，而且有权成为研究客体。总之，他们不能够被看做是接近真理唯一有效的途径，或者被误认为是思想的附属物。"

查尔斯将自己看做是一名理智的守门人，能够阻止前进之马，将其遮蔽之物去掉，让它看到自己可以有的选择；它被一套特殊的假设驾驭，行驶在特殊的路径上，而这些假设，成为假设，可以被任意代替，可以变得不同，或者会走上更值得走的路。他希望能将自己在基督科学教家庭影响下不同的成长视野转变成爱好，一种对于自己意识持续明晰的完全依赖。

守门人

查尔斯非常努力，也颇具成果，在威廉玛丽学院四年级的时候，他获得了全 A 的成绩。这在学院并不多见，学院甚至延缓了成绩单的寄送，因为他们觉得在记录的时候出错了。他顺利地被首选研究院，也是克诺德尔的母校，位于教堂山的北卡莱罗纳大学录取了，并得到了国立精神病研究中心在社会心理学的四年会员资格，这让他能够得以入学。那年春天，在毕业前夕，查尔斯加入了在 1776 年就成立于威廉玛丽学院的、美国最古老的也是享有盛誉的以希腊字母命名的大学生联谊会，美国大学优等生荣誉学会。

我在威廉姆斯堡的时候，随身带着一本手写的日志，在扉页上，用大写字母写着这样一段话，"在一个封闭病房的观测，查尔斯·拉胥梅耶的思想片段"。父母离婚后不久，我偶然在我们佩勒姆房子里的书架上发现了这本日志，旁边还有父亲收藏的一些社会学书籍。日志写于 1964 年，里面记录了父亲在一家州立精神病院做护理人员的工作经验。我并不清楚父亲在哪里记了这本日志，但我还是保存了它，尽管如此，他在自己发病这么多年之前竟然曾做过和精神病相关的工作，这之间的讽刺意味还是让我感到震惊。正是在我从柏林顿回来，开始一点点整理父亲生活年表的时候，我意识到，在他还是威廉玛丽学院的大学生的时候，他应该在精神病医院工作过。

我给克诺德尔和瑞尼看了日志，他们确定查尔斯在威廉玛丽学院读高年级的时候，曾在附近的东方州立医院做过护理人员。那是位于威廉姆斯堡的一家公立机构，成立于 1770 年，"为智障、疯子以及智力不健全的人提供帮助和生活保障"。但东方州立医院在包括一些书籍和专业文章之内对自己的介绍中，将他们的首要服务对象定义为精神分裂症患者。在 1964 年，将近有四分之三的患者，大概有两千人在这里被诊断为精神分裂症。

在东方州立医院做护理人员，对查尔斯来讲并不仅仅是一份工作，从他第一篇日志的条目可以很清楚地看到，他把东方州立医院视作一个能够将他的高年级论文付诸实施的机会，包括病人、护理人员以及整个病房。"我的目标：发展一种针对精神病的新观点。每一项创新都是源自新观点的假设。在一套新系统被建立之前，必须破除并置身于旧系统之外。"按照日志来看，在东方州立医院的查尔斯并没有达成自己的目标。日志剩余的部分记录了 20 世纪 60 年代中期在州立医院的病人的日常生活。日志条目的基调公平、彼此不想关而又充满疑问。

"1964 年 11 月 3 日，很多患者之间的相互交往都是通过用点着的烟蒂给别人借火而循环往复的。（患者被禁止携带火柴）这种点烟的方式一度成为我的嗜好，哪怕火柴就在手边。这是一个群体的外在结构化在社会交互关系上的影响的一个例证。"

"1964 年 12 月 2 日。通常的印象是患者经常无所事事，所以他们经常转移目标。看电视是唯一有规律的活动，但是这并不像预想中的那样，活动并不是需要关注的重点。护士长说患者不能集中注意力，但问题的原因，也许是电视是那里唯一能够让人集中注意力的东西。"

雇员和研究者，在他自己任命的双重角色中，查尔斯努力去得到患者的信任。当其他的护理人员都在尽可能努力和患者维持一定距离的时候，查尔斯实际上在和那些住在附近援助屋的病人进行社会交往。在日志将近结尾的地方，有几条记录都表明他整晚宿醉，和那些住在这些公寓里的病人喝酒。毫无疑问，他将此视为一个绝无仅有的机会来建立与患者的良好关系，从而能在一个不受监控的位置观察他们。也就是，他的企图的一部分，是"发展一种对精神病患的新观点"。但他和他们一起酗酒也表明了一些其他的东西：查尔斯认同这些患者。和他们厮混在一起，手里拎着啤酒，查尔斯在风景如画的南方发现了另一个缅因州的德克斯特。他又找回了在一群局外人中成为局外人的感觉。

　　面对与布莱恩·沙博对父亲的描述如此不同的充满期望的回忆，而前者在父亲的日志记录中不难找到踪影，我问了父亲之前的两位教授最后一个问题：他们觉得父亲的未来本应该是什么样子的？在三十年之后往回看，卡诺德尔博士和瑞尼博士都觉得，父亲在威廉玛丽学院的表现并没有什么能预示出他之后的人生轨迹。事实是，他们都曾希望他最终会成为社会学界的引导者。但他们也都有这样的感觉，他追求一种根本性但却很难把握的东西，让他比看上去更容易受伤。按照瑞尼博士的说法，"在表面来看，至少查尔斯知道他在做什么，知道他在想什么，知道自己信仰什么，知道自己将去向何方。我觉得这也是他想要让自己拥有的一部分，成为一个知道混乱的生活是什么样子，并能够很好地把控的人。但我也常感觉到他有着比自己所承认的更多的自我怀疑，有时他会觉得他并没有努力去让自己想要的都变成现实。"

在威廉玛丽学院 1965 届学生的毕业生年鉴上也可以看到，父亲的留言更趋于精确而不是感伤。"现在我们必须离开，尽管我们无怨无悔。我们在这里度过了人生的三十二个月——一段很长的时光。我们学到了很多，也忘却很多。我们交到了一些朋友，或许我们还步入爱河。我们批判很多实践，也规划出有价值的体系。这里，简而言之，我们曾有一个家。即使我们当中最理性最不被感情所左右的，也必须承认，这段时光，这样的地方，将不再重现。"

4 混乱的感知
||||||||||||||||||||||||||||

1965 年秋天，查尔斯来到教堂山的北卡罗莱纳大学，而在此之前，他彻头彻尾地改变了自己。他把自己浓重的布鲁克林口音留给了自己的青春期，他再也不是那个懵懵懂懂、故作姿态、来自下等街区的小孩。在纽约，他即将成为一名社会学博士候选人。这也正是他想要的公众形象。关于共同生活的社会群体的历史、发展、组织以及问题的研究，在策略上，它以一种流畅的社会交互影响为前提，而这正是查尔斯要去努力证明的。查尔斯唯一没有幸免的，就是酒精。从那之后，他足以被称为一个十足的酒鬼了。

那年冬天，查尔斯遇到了让他陷入爱河的女人，之后成为他的妻子，我的妈妈，茱莉·拉西奇。她也是纽约人，也是一名社会学系的研究生。在那时候查尔斯和朱莉留下的照片里，可以看到一对在爱河里徜徉的幸福的年轻人。照片的背景大多都在教堂山外一间改造过的养鸡的小屋，查尔斯租下了它，并将它修葺成自己所住的房子。如果照片上不是他们两个人的话，那朱莉经常是拿着照相机的那一个，查尔斯当然就是照片中的主角：在后院举重，结束晨跑，把一只龙虾放到桶里，或者坐在桌子上，四周都是书。

这也是第一次，查尔斯公开谈论他的过去。他向朱莉提到，除了他在格林伍德湖的经历，年轻时能够让他感到快乐的经历，就是他在缅因州德克斯特的两个夏天。对他而言，布鲁克林意味着他的家，而他一直想尽办法从那里逃脱。查尔斯对自己的父母直言不讳：他的父亲是一个被动的人，没什么主见；而他的母亲则喜欢指使别人，操纵欲强，偏执。他讨厌基督科学教，称它是一种危险的对现实的否认和歪曲。

1967 年初，查尔斯把朱莉介绍给他的家人的时候，朱莉很明显感觉到了这种对现实的歪曲。吃晚饭的时候，朱莉咳嗽了一声，多蒂靠过来，小声对她耳语说，"你在讨厌谁？"朱莉突然明白了被像多蒂这样的母亲抚养长大的孩子会是什么样的。在这样的环境中，所有身体和精神上的抱怨都被认为是个人意志薄弱的表现——在那里，事情永远不是你看到的那样，而每一个动作都会被认为怀有最坏的意图——一个人永远不知道该怎样表达自己。

那些过去的事情查尔斯谈得越多，朱莉就越明白，查尔斯的家庭对他的思维和发展的影响占有何等优先的地位。他有很好的理由：他母亲对现实的歪曲，她对基督科学教的信仰加上她的偏执，在他二十二岁的时候，已经回来伤害他了。朱莉记得，"查尔斯花了太多时间和他母亲对抗，指责她，认为她太疯狂了，想要控制他。""但他也很像她。他也会变得很偏执，也会变得很有操纵欲，尤其是在他喝了酒之后，他经常说别人做了什么想要操控他，我觉得，这都是因为她。"借助酒精，很多次，过去频繁地扰乱查尔斯本来理智的思维。

在查尔斯第一次被诊断为精神分裂症的十七年前，有一件古怪的事情能说明，他之前的成长经历，已经到了可以扰乱他准确感知不同社会状况的能力的程度。一天晚上，朱莉做了一道新甜点，这让查尔斯大吃一惊。"那个时候我并不知道，那天是大斋节。虽然我们并没有争论过宗教信仰，或者认真讨论过这个话题，查尔斯很生气，认为我在大斋节期间做新的东西，是为了让他信仰宗教。"他不仅没能正确理解当时的状况，还在没有任何依据的情况下，把这解释成为迫使他信仰宗教——这恰恰是他母亲努力强迫他透过基督科学教的视野来看待世界对他的影响的象征。

朱莉犹豫着要不要和查尔斯分手，但他每次都为自己的行为道歉，并保证不再喝那么多酒。而在见了他的父母之后，她觉得自己理解了导致查尔斯的古怪行为的原因，决定让这段关系继续下去。"我看着他的家庭想着，上帝啊，我要是和他们一起长大，我也不会知道什么才是真实的。"尽管查尔斯从来都不会避开他的酗酒问题单独讨论自己的古怪行为，但很明显，他自己也看到了它们彼此之间的联系：他的母亲、基督科学教和他自己不时冒出的性格问题。他完成于1968年初的硕士论文《一项基于双重束缚假设推论出的理论模型的实验性测试》，就是着眼于对这个问题的理解。

60年代中期，双重束缚理论是当时最主要的用以解释精神分裂症的学说。这一理论，经由葛雷格里·贝特森、唐·D·杰克逊和约翰·H·威克兰德的发展，在他们的文章《朝向精神分裂症的一种理论》中勾勒出其主要思想。他们认为，精神分裂症的产生是因为一种特别的家庭间的持久的交互作用，他们将此命名为"双重束缚"。在双重束缚的处境中，"无论一个人做什么，他都不可能'获胜'。"双重束缚式的家庭交互作用有这样的特征：父母直接命令小孩，告诉他们不能做什么，否则他们会被惩罚；而父母会同步指出，不管是明确的还是暗示的，如果孩子服从命令，他依然会被惩罚；同时，孩子不能对这样的处境做出评价，或者试图逃脱。作者认为，长期处在双重束缚的环境下，孩子会建立一种双重束缚的感知宇宙的模式，这会导致他们在任何人际交流中缺乏精确表述的能力。而孩子努力去应对这种不足，最终会导致我们所称之为的精神分裂症。

在他们的文章里，作者引用了这样一个双重束缚的例子："一个年轻人，从严重的精神分裂症发作中恢复过来，并且恢复得很好，他的妈妈到医院看望他。他也很高兴见到妈妈，激动地将双臂搂住妈妈的肩膀，而她有点僵硬。他松开了他的手臂，妈妈问他：'你不再爱我了吗？'他脸红了，妈妈说：'亲爱的，你不要轻易让自己尴尬，也不要害怕自己的感情。'这个病人只能和妈妈多呆了几分钟，妈妈离开之后，他攻击了一名助手，并把他扔到浴盆里。这里并不是随意援引一个母子关系的例子；作者认为，母亲常常扮演着主导双重束缚的角色，而父亲则往往比较被动地鼓励着这样的情境发生，不给孩子应有的支持，从而从双重束缚中逃脱出来。"

查尔斯对双重束缚的兴趣完全是因为个人原因。"他将精力投入在双重束缚理论当中，因为他认为自己就是那样被抚养长大的。"朱莉回忆道，"他特别将他母亲以及她在他成长过程中对待自己的方式联系起来。"查尔斯对自己成长的评价看似是准确的。在他小时候，膝盖受伤的那件事就可以被看做典型的双重束缚的例子。面对儿子的哭泣，多蒂让他使用基督科学教的教义，强迫他相信自己并没有受伤。她说只要他按照她说的做了，伤口就会消失。先不管他相信什么，伤口肯定不会立即康复，伤口没有康复这样的事实，根据玛丽·贝可·安迪说的，是因为他没有真正按照她说的做。换一种方式理解，不管他是不是照做了，他都会得到惩罚，被母亲嫌弃。更糟糕的是，他没有机会逃脱这种模式，也没机会说出自己的观点，因为他的父亲总是被动地接受多蒂用基督科学教来教育他，而且，他的两个表兄弟都对基督科学教很热衷。

作为引发精神分裂症的原因的一种解释，双重束缚理论已经不再被广泛接受了。尽管当下有几种比较有说服力的理论，但大多数研究者都认同，精神分裂症是由于精神病学和环境的双重因素交互而引起的。先不管双重束缚理论是否在精神分裂症的发展中具有普遍的有效性，很多的研究，包括查尔斯的论文，都支持这样一种联系，一个在双重束缚中长大的人，会把这种交互作用的模式扩大到其他方面，即便在不存在这样的模式的情形下，也会感知到双重束缚的存在。这导致了在社会情境中准确表述和恰当回应能力的匮乏。这也意味着，尽管不能说查尔斯的家庭就是他患上精神分裂症的原因，它确实增强了查尔斯在歪曲自己的认知以及其他人的行为方面的弱点，这一点，也同时让他在将来的日子成为了一名局外人。

值得让人注意的，并不是父亲的成长如何影响了他的思考方式，而是这样的事实：他在二十五岁的时候，就能够准确描述这种影响的本质，并能够利用他在社会学领域的研究来消除这些影响。在和我母亲交谈，并看过双重束缚理论之后，我意识到，父亲四年前在东方州立医院的工作可以被看做他早期的一种尝试，理解他自己在人际交往当中的困难，同时也是他成为守门人的第一步。而一眼看过去，最为让人觉得反讽的是，大学期间他就在一家精神病院工作，最终却在十年之后成为了精神病院里的一名患者，但实际上，这恰恰是他自己愿望的一种折射，他想要控制自己突发的奇思怪想，以及他的未来。

离开威廉姆斯堡之后，我追随父亲的足迹，1965 年秋天，从玛丽威廉学院毕业之后，父亲就到了教堂山，进入那里的北卡罗来纳大学。从父亲入学时算起，三十年当中，教堂山的学生人数已经翻倍了，但校园依旧繁茂、葱郁、充满希望。之前克诺德尔博士和瑞尼博士的话，让我对父亲曾在教堂山的教授们中间所引起的反感丝毫没有准备。我去那里的时候，还有三位仍旧在那里任教。讽刺的是，他们对父亲的看法，和父亲的酗酒或是他的想法以及他的批判能力、他要成为一名守门人的抱负完全没有关系。

在他第一本书，《社会学的语言》的简介里，父亲写下了他在大学中所感觉到的不满，社会学缺乏将研究院变成"全面开放的为问题寻求答案的地方"的阐释力，"为什么社会学不能让我理解人类可见的一些行为？"为了回答这个问题，他很快发现，之前他的大学教授愿意将学生平等对待，和他们无拘无束地进行智力上的辩论，这在学术界并不符合常规。

查尔斯在教堂山的论文导师詹姆斯·威金斯，不需要照片，也不需要提醒他父亲之前所参加的项目，三十年之后，他仍旧很清楚地记得他之前的学生，他也记得查尔斯和学院的争执。"查尔斯是一个独一无二的人。没有人质疑过这一点。他可以很好地掌控想法，非常好：他对于处理抽象的东西，看到它们之间的联系，以及一些具体的现实，往往都得心应手；在思维过程方面，他表现得非常吝啬，并擅长于此。但查尔斯经常也很无礼。他总是不遵从系里的要求。他会持续挑战他们所持有的一些看法，包括我自己的，他会毫不犹豫地用最激烈的言辞说出自己的不同意见。"

查尔斯或许放弃了他对那些行为粗犷的人的模仿，但当他相信自己是有理的那一方时，他总是不甘认输。一个守门人永远不会让步。他在系里所激发的憎恨与日剧增，但这从没影响过他的表现。同时，本着公平的原则，系里并没有让他们的个人情感影响到对查尔斯成就的认可上。比如，1967 年 1 月，查尔斯参加他的硕士学位笔试的一个学期以前，在他的记录中的评语是这么写的："他是个让我们头疼的人，非常独立。能力非常优秀。"十个月后，在他通过博士入学考试之后，院系主任给他写了一封祝贺信："我代表整个学院，表达我们对你的卓越能力的肯定。不仅因为你的成果斐然，而且因为从你开始你的研究生工作起，在如此短的时间就取得了这样的成就。我们觉得，你向我们展示了值得称赞的许诺，而我们想让你知道，对你的未来，我们寄予厚望。"

查尔斯的成果依旧保持着快速高产。1968 年春天，他获得了布斯-美林奖——该奖每年授予一位社会学专业成就卓著的研究生。那年夏天，他又赢得国家科学基金会优秀资助。那时候，在拿到博士学位之前能够发表文章的学生非常少见，而他则在《太平洋社会学评论》上发表了自己的第一篇专业文章（在完成博士学位之前，他还会再发表两篇文章）。就在那个阶段，查尔斯写了足足有一本书的长度的基于自己的家庭经验的手稿——《解释人类行为》；同时，开始动笔写第一本他将来会出版的书《社会学的语言》。1969 年 1 月，他完成了自己的博士论文，并顺利获得学位，他的论文《双重束缚现象：一种概念分析以及基于经验的建议》。这篇论文，是他对硕士论文所开始的主题的进一步深化和提纯。

尽管他在教堂街获得成功，但查尔斯发现，成为守门人是需要付出代价的。他和系里的矛盾说明，在他从一名研究生转变成一名社会学家之后，他会继续面对深厚的学术政治而无所适从。查尔斯还认识到，他成为一个局外人，并不是他自己所想的是主动的选择，他看到了自己存在着的一种思维的困扰模式，那远远不是冒险所能涵盖的。当然，也有可能他在更早的时候就发现了这一点，他在威廉玛丽学院的大学教授以及他的室友所感觉到的他的不安全感，或许就是他已经意识到了自己的这种思维的困扰模式的征兆。再或者，他对于成为局外人的强烈向往，他对社会学的兴趣，都要回到他的高中时代，并不仅仅是他的家庭，他还想要理解，想要控制自己的行为上的失常。

获得博士学位之后，查尔斯决定回到纽约，在那里找工作。朱莉也完成了她的硕士学位，想要换一个地方，继续攻读博士学位，她和查尔斯一起回到纽约。回想三十年前，那个她在教堂山遇到并陷入爱河的二十三岁的年轻人，朱莉更相信，他的命运，在那个时候，已经是被注定的。"如果我问自己，有没有可能他会走一条不同的路，或者环境会带给他不同的结局，我猜答案是否定的。因为他太不稳定了，而所有的控制都来自于外部。"带着事后的洞见，或者问题不应该是，查尔斯有没有重要症结导致他之后人生轨迹；而应该是，他的症结会是什么样的形式。他缺乏相信自己的认知和别人行为的能力，尤其是他加在自己身上要成为守门人的要求，让他变得极其脆弱。但可以看到的是，他的勇气，以及他想要对自己的思维以及人生保持控制的努力，一直持续到他的死亡。

父亲

Part

———

Two

———

无论身处怎样的逆境

——我的处境曾经非常的糟

——永远没有理由放弃。

——查尔斯·拉胥梅耶
一封写给我的信，1986 年 10 月

曾经的家

5 父亲
‖‖‖‖‖‖‖‖‖‖‖‖‖

如今，那些每年在我生日的时候放映的超 8 电影都安静地躺在佩勒姆房子地下室的一个盒子里，旁边还有一打三分钟无声超 8 胶片，都是家庭短片，父亲在世的日子，它们从没有被放映过。这些短片都是在 1971 年到 1978 年之间拍摄的，钓鱼、抓螃蟹的经历，夏天到海滩的远足以及欧洲之行。回到柏林顿的那天，我独自一人在地下室第一次看到这些片子。记起曾经有那么一段时光，父亲和我的人生都没有被他的失常所主宰，这让我如释重负。看完之后，这些家庭短片占据了我对童年的记忆，它们如同亲切而持久的病毒，重新唤回我业已褪色的回忆，并以其永不变更的形象，将其他的记忆通通抹去。

最早的几卷里，父亲和我手拉手沿着湖岸散步。母亲是拍摄的导演。画面的色彩非常耀眼：我金黄色的头发；穿着大红的毛衣，亮白色的尿布；草地是明亮的绿色，宝蓝色的天空犹如上了釉。我捡起一只被扔掉的梳子，边走边摇。父亲拿过去，把上面的脏东西擦掉，重新递回给我。隔了几秒钟，母亲开始继续拍摄。父亲和我继续在我们的冒险中前行。我已经扔掉了梳子，取而代之的是一根木棍。也或者是父亲把梳子拿走了，给了我这根棍子。

下一个场景，父亲和我坐在河边。我们轮流往河里扔鹅卵石。

几年的时光就在这一系列的跳跃剪辑和不流畅的摇镜头中过去了。

父亲在为他的晨跑做热身。我站在旁边，穿一件一样的 T 恤和蓝色短裤，笑着，手臂上下摆动，朝各个方向踢腿。我们肥胖的魏玛猎犬乔吉趴在我们后面，脑袋耷拉在前爪上，显得端庄高贵。

下一幕，父亲和我俯身在一个装满蓝色螃蟹的铁桶上。连续镜头呈现绿色的光晕。父亲指着其中只剩下一只蓝色蟹螯的巨大的螃蟹，对我说着什么。坐在黑暗的地下室，我的大脑开始不听使唤，我听到父亲的声音，他在和我解释，他说，它们的蟹螯长回去了。

那天晚些时候，父亲和我在一个码头钓鱼。海和天的蓝色薄雾在父亲身后氤氲开来，把父亲的身形定格为一幅剪影。

一系列以朦胧的大海为远景的摇镜头，标志着时间的流逝。

场景变得短促起来。布朗克斯动物园。无穷无尽的动物以及笼子。低角度的取景以及认真热忱的拍摄，说明是我在拿着摄像机。

1978 年那场著名的暴风雪。深蓝色的连续镜头夹杂着阴影。父亲和我用一个我们在折价商店买到的老式雪橇清理车道。在斜坡顶上的车库旁边，乔吉迎着风雪站着。

第二年冬天——遇见流浪汉的那个冬天。我偷偷用雪球袭击正在铲雪的父亲。母亲拿着摄像机紧跟在后面，随时准备着记录我的偷袭。父亲转身，闪开了。雪球从他的头顶擦过。他握了一把雪。打雪仗开始了！

希腊之旅的那个夏天。我戴着一顶希腊水手的帽子，拉着母亲的手。父亲在拍摄。镜头摇摇晃晃，各种各样的遗迹。每一次拍摄都因为阳光太强，或者没有聚焦，这是否意味着，在大部分的旅途中，父亲都在酗酒？图像的模糊不清印证了我记忆中的猜测。他在酗酒。他在失去对于现实的掌控。他认为我们的房东在监视他。他指责母亲参与了一起不知名的阴谋，并把一个盐瓶朝母亲扔过去，最终，盐瓶摔碎在我和母亲之间的墙上。母亲和我都开始哭起来。父亲提前回家了，好让自己平息下来。结局的开端。

我的父母在 1969 年 1 月步入婚姻，并在同一年的 12 月有了我，他们唯一的孩子。那一年，他们都只有二十六岁。四年后，他们搬到纽约的佩勒姆，被我视作自己故乡的地方。佩勒姆很小，是位于近郊一个保守的居民区，距曼哈顿仅十五英里。它并不像那些给韦斯切斯特的财富带来声誉的富裕的城镇，但比起临近的新罗歇尔，或是与之接壤的布朗克斯的一部分，仍旧能称得上富足有余。尽管与曼哈顿相距不远，佩勒姆保留着一个小镇与世孤立的状态。当我还是个孩子的时候，我非常享受这一点，但等到父亲的行为将我们一家划入怪异和另类的行列时，我开始厌恶这里了。在这里，大多数的丈夫都搭乘火车去曼哈顿上班；大多数的妻子则在家养育小孩，将时间花在各种社区活动中，而正是这些社区活动塑造着这里的特性。在佩勒姆，不管是新教徒还是天主教徒，几乎全都是白人。黑人和西班牙裔被归入新罗歇尔和布朗克斯，或者相毗邻的芒特弗农。几个孤立的犹太家庭自然成了年轻孩子们恶作剧的对象。

我的父母在佩勒姆人的眼中是不合常规的。他们都有全职的工作，不参加宗教仪式，和邻居们相交不多，对社区事物也没有太多兴趣。在他们看来，佩勒姆就如同一个长着一棵大橡树的前庭，一个适合散步的好去处，一个能够往返纽约的便利居所。我的父母按照他们自己的想象养育我，传统和信仰塑造了我的思想，好的和坏的，都源自我的家——一个被书充满的简陋木屋，坐落在城郊一条两边长满树木的漂亮街道的最高处。就是在这里，他们给了我父母能够给予子女们最好的礼物：对自我潜能的坚定信仰，并相信，面对这一潜能最诚挚的表达，世界也会毫无保留地屈服。

我的童年是一系列没有止境的宏大计划，构思、付诸实施、遗忘。不看书的时候，我都是在设计或者重新设计等我长大以后将要住的房子，在后院寻找财宝，发明能让我发财的板类游戏，写故事，或是在速写本上画画。我把自己看做一个艺术家。动物是我的专长。在我的记忆中，似乎大部分的时间，我都在一本巨大的动物集子里描摹图片。我的目标是积攒足够多好看的图画，出一本关于动物的书。

父亲不仅鼓励我实施我的计划，他还经常协助我。我的宏大计划中的一个，在房子后面的车库里建一个自然历史博物馆，建成之后，它将与曼哈顿的美国自然历史博物馆比肩。每天带着乔吉散步的时候，父亲都会留意看能否有新发现——坠落的鸟巢，不同寻常的石块，动物的骨骼——另外，他还将自己夏天在格林伍德湖周边远足的所得和我分享。为了扩充我本已丰硕的自然收藏，他甚至将自己童年时期的收藏贡献出来，一只裱好的蝴蝶标本，一颗史前鲨鱼的牙齿，以及一座由抛光的鹅卵石堆成的小山，我们都很乐于把它称为"准宝石"。

父亲对我的宏大计划最重要的贡献，是提出要为我们的永久收藏找一件镇馆之宝。但他的想法，也取决于我们能找到什么样的死去的动物。我们想着可以用我们之前最惊人的发现，一块足足有八英寸大小的粉晶，去换一只松鼠或者是乌鸦。但是几个月下来都没有丝毫进展。最后，是乔吉在哈蒙大道的灌木丛里发现了一只死去的乌鸦。亏得拴狗的绳子足够结实，再加上父亲220磅的体重，好歹才阻止了乔吉吞食它自己的发现。父亲把我们送回家，随后带了一双旧手套和一只垃圾袋，开车返回去。在地下室，他将乌鸦转移到一个有金属盖的玻璃瓶里，注满盐酸，并埋在后院里。他独自把这些全部做完了。酸会腐蚀羽毛和肉，最终留下保存完好的骨骼。之后，我们会取出骨骼，并把它陈列在车库里，这在我们看来，就如同陈列在美国自然历史博物馆中的巨大的暴王龙。

父亲和我，还有乔吉

父亲和我

　　那些年，我不停地计划，不停地拥有梦想，无忧无虑地在父母和我所钟爱的房子为我遮挡的一片天地当中生活着；而我的父母却生活在另一个世界，在那里，他们的未来正在逐渐枯萎。父亲并没有经历突然的变化，他逐渐养成了一种偏执和充满敌意的癖好，而对人和事物的误解，慢慢主宰了他的个性以及与他人之间的交往，直到最终，这种癖好和个性已经无法区分。

　　回过头看，查尔斯在就读研究生时期关于精神分裂症的研究，已经能够看出他准备好了与在未来将会出现的敌对者决一死战的决心。可等他开始了教学生涯，他却不再继续关注这个主题，可能的解释是，过去、他的母亲以及她的偏执和操纵欲的遗留，带给他的威胁感都不复存在了。他或许曾相信这些危险都已永远成为了过去。毕竟，他已经度过了精神分裂症最典型的发作年龄（青春期晚期，成人早期），已经建立了属于自己的生活——远离自己的家和布鲁克林。取而代之的，他在十六年之后和我分享的信条，"无论处于何等的逆境，都没有任何理由说放弃"，已经成为了他的座右铭。

20世纪70年代是查尔斯学术生涯的起点，也是终点。1970年他受雇于曼哈顿的亨特学院，成为一名社会学系的副教授时，在他的名下发表的文章已经足以让他骄傲：四年之内，他有八篇论文发表在六家不同的专业期刊。每一篇文章都针对不同的社会学和心理学方法论问题做出批判性的审视。第二年，当时他二十八岁，他的第一本著作《社会学的语言》出版，并获得好评。他在教堂山学院的争执显然并没有影响到他要成为守门人的决心。《社会学的语言》是他最具雄心的努力之作。在这本书里，他将社会学领域看做一个整体，并勾勒出一种策略，以一种持久的方法论将这一原则更牢固地作为一种社会科学确定下来。两年后，查尔斯的第二本书，也是最后一本，《社会研

父亲的社会学著作

究的本质》由独立出版社出版。这本书是基于《社会学的语言》的一次改进，提供了在社会科学研究中对于适当参数的细节性的分析。

尽管查尔斯有一个非常好的开端，作为一名老师也得到了认可，但他却无法适应微妙的部门政治。就像他在教堂山攻读研究生期间一样，他在亨特的教学生涯也很快到处树敌。即便他丰富的著述也无法保护他。在1975年初任期结束的时候，他没有拿到续约的机会。这个决定着实让他不知所措。第一次，他因为自己对成为守门人的不间断的追求以及缺乏社会交往能力而受到惩罚。虽然很快他就开始为寻找一份新的教职去面试，可他喝酒越来越多，而且一直对所发生的一切深感介怀。

那年夏天，多蒂死于心脏病发作，当时她已是七十岁高龄了。葬礼上，我第一次看到父亲哭。第二天一早，因为有一个重要的工作面试，他乘火车去了纽约，但到了晚上，却没回来。三天后他出现了，对母亲解释说，在去面试的路上，他在港务局汽车总站停了下来，不由自主地买了一张去往缅因州德克斯特的车票。到了那里，才发现瓦斯肯学校早在几年前就关闭了，他在镇外的汽车旅馆租了一个房间，买了一箱啤酒，喝酒来打发时光，思考自己的过去。父亲对他的失踪不愿再多说什么，可母亲却感觉到，他想要理清楚多蒂的遗传对他现在的困难处境到底意味着什么。而接下来的几个月，更让母亲清晰地认识到，多蒂的死对父亲的影响如此深刻，让他难以忍受。"他和母亲之间的关系相当奇特。她活着的时候，他竭力约束着自己，保持自身不受影响。但在她死后，那道竖起的生命之墙却仿佛在瞬间轰然倒塌了，将他自己全然暴露在风暴之中，在他的四周，以及他的内部。"

1975 年秋天，父亲收到纽约皇后区的圣约翰大学的聘书，成为该校社会学和人类学的副教授。1996 年的秋天，当我从教堂山返回之后，拜访了这里，并和父亲之前的一位同事西奥多·坎伯博士见了面。在听了一场父亲关于《社会学的语言》的讲座之后，正是他介绍了这一教席给父亲的。坎伯博士是一位谈吐温和的社会学家，满头白发，胡须修剪整齐。据他说，学校聘用父亲是需要他和系里一起建立一个社会学应用的研究项目，这一项目被父亲命名为"计划中的人类行为的分析、评估和设计项目"。除了运行项目和授课任务，招收新的研究生、筹募政府拨款以及私人的捐款，也在他的职责范围之内。正是在寻求拨款的过程中，父亲开始和一些大公司以及政府机构打交道，而之后，这些机构都被他指控为阴谋的参与者。

根据坎伯的回忆，即便经历了亨特学院不愉快，查尔斯在和院系的关系问题上依旧我行我素，保持着一贯尖刻的表达方式。到了他在圣约翰任职的第二年，他与系里的其他人就开始变得疏远了。针对查尔斯和学院相处的困难，坎伯用了一个类比做总结。"查尔斯并不擅长社交。作为院系的一员就好比作为一个家庭的一分子。家庭成员间亲密无间，但是你却无法利用家庭成员对你的爱，无法依赖于他们无论如何都会爱你的事实。因此，你也需要小心谨慎。"查尔斯的项目在获得外部资金方面进展缓慢，而研究报告和拨款建议花费了他很多的精力，相比之下，他专业文章的发表反而减少了，因此，他的弱点也暴露无遗。

1977 年，圣约翰大学没有继续聘用查尔斯，计划内的人类行为的分析、评估和设计项目也终止了。曾经他极有可能成为社会学领域的指路明灯，现在也很快变得遥不可及了。现在的查尔斯，在任何预期中的雇主眼中，都是个"麻烦的人"。1977年到1978年，他在罗格斯大学管理和组织行为学系做访问副教授；1979年到1980年，他在霍夫斯特拉大学担任管理与通用商务院系的副教授。每一次短期的任职都没能最终让他得到一份长期的教职，这样的境况不仅让他在接下来获得长期职位的可能性大大减小，甚至作为替代，获得一份短期的合约也变得困难了。查尔斯曾为了在社会学领域占有一席之地付出如此多努力，却发现光有能力和成果并不足以维持一份有生产力的工作。他到达了想要的位置，却没有学到足够的社会技能在那个位置去保护自己。

面对自己学术生涯生死未卜的未来，查尔斯在精心考虑之后，决定最后孤注一掷：将自己的学术方向定位在自己最擅长的方面——思想的明晰和原创性，1979年初，为摆脱他学术生涯的困境，他重启了在圣约翰大学的项目，并把佩勒姆房子的地下室改造成研究机构，把项目名称变更为"人类行为的分析、评估与设计"，将该项目作为一个独立的商业项目来运营。查尔斯本身**就是**研究机构。他的计划是作为守门人———名面向社会行为和组织的分析者，向政府机构和一些私人的公司贩卖自己的技能。朝着这个最终的方向，他开始以研究机构的名义自己发行一系列专著，来展示他在应用社会学领域的分析才能。他曾寄希望于他的研究机构能在短期之内减弱他对学术界及其政治的依赖，最终，等发展到一批稳定的客户之后，他就可以将这些全部摆脱。

父亲曾在写给我的一封信中描述过他的研究机构的理论支柱。"我尝试建立一套分析体系，人的处境存在着其固有的逻辑，即使不是条理清晰的逻辑，也自有其类似的表达方式；并且，如果不是认知的心理学，对个体而言仍旧是确定不变的，或许更重要的是，对于群体行为，也是如此。我始终认为，这种环境所形成的逻辑正代表着对于社会全方位的真正的研究。"当我在父亲死后重又读到这些时，我意识到，他的分析体系，和十年前他在研究生阶段所研究的双重束缚一样，并不仅仅是像对外宣称的正式报告所写的那样，更多的是一种个人性的努力。之前的研究是为了弄清楚他的成长经历对他自己的生活，以及他当下的行为究竟产生着怎样的影响。而这一次，表面上是他对自己作为一个守门人所必须完成的工作的拓展和提炼，是在完全客观的视野下进行的。但或许，还有那么一部分，这是一次尝试，去发现那些他一次又一次奋力抗争却让他屡次逃避的规则，就像是他的同事们所说的"社会适应能力"。

　　我以一种最现代的方式加盟到父亲发展他的分析系统的努力当中。他的第一本专题著作《一种对计划的局限性的分析》，系统地描述了在组织过程中计划的有限效力。他雇我为他的研究机构设计一个徽标——一方面为了鼓励我想要成为一名艺术家的愿望，同时也为我指出一条实际可行的路，让我的兴趣和未来可能的职业相关联。每卖出一本，他就会支付我 50 美分作为版税，这对一个十岁的孩子来讲可是一笔不小的收入。我画了一个圆圈，几条凌乱的线条随意交叉。我还记得，那段时间其实我总觉得很愧疚，因为并没有太用心去做设计，可当时我神奇的童年时光正在离我而去。我能感觉到父亲近期的变化，对我们的项目也变得不再那么相信。我觉察到当我公布设计时父亲的失望，但他尊重我们之间的约定，将我的设计放在书的封底显著的位置，下面还复印了我的签名。甚至在离婚之后，他还继续给我寄版税的支票，而那时候，他正在绝望中挣扎，试图重新回到自己。

如今，两箱浸了水的《一种对计划的局限性的分析》堆放在佩勒姆房子的地下室里，一起的还有一些其他也是自己出版的专题著作——《对高效行为的分析》《有组织的政治活动》《作为一个计划体系的民主》。而我设计的徽标成为对父亲未来的最贴切的注解。回到威廉玛丽学院，如果有人要父亲画一幅画来代表他的未来，一定会是一条急剧上升的长线，从书页的一头到另一头。而现实却更接近眼前的这一副：一个里面有直线来来回回的小圆圈，就像是一颗子弹在一个密闭的空间弹来弹去，永远被困在他突发的失常的界限里。

1979 年冬天，我的祖父比尔于七十四岁高龄死于心脏病突发。他的离去，多蒂的死亡，多年以来持续不断的失望，压力以及酒精都在吞噬着父亲。在这最关键的时刻，他从没有像现在这样依赖于自己的思维过程的一致和有效，意识却开始捉弄他了。1980 年初，他寄了最新的专题著作《有组织的政治》给自己的导师，克诺德尔和瑞尼，自从他 1973 年回到威廉玛丽学院拜访，他们一直保持着联系。读了之后，他们最初的热情很快就被困惑取代。我在威廉斯堡拜访瑞尼博士的时候，他回忆说，"听到他想要建立一个独立的研究机构的初衷，我非常兴奋。但接着我就不得不开始挠头了，我不知道他的举动是哪一个：是因为他所做的已经太过超前，连我自己也有点跟不上了——这是完全有可能的，因为我的结论是按照查尔斯的基础，他极有可能已经超越了他的师长；但如果不是这样，就是他在某个地方选择了错误的方向。他最后的作品对我提出了几个非常严肃的问题，我不确定查尔斯是不是，用一句很老的话来说，还是'他自己'。"

通过系统地对自己的才智和教育加以应用，父亲成功地远远避开了他母亲妄想型的生活支撑体系，开始了属于自己的生活。但这样的生活建立在一个假设的前提之上，那就是，他能够相信自己明晰的头脑。从1980年开始，在失望所产生的压力之下，他异常的思维开始演变成为一种复杂的、特殊的妄想系统。他开始深信，在他的职业生涯当中所发生的一切，甚至回溯到1975年他不得不离开亨特学院，并不是因为他贫乏的社交能力，而是因为一场阴谋，目的是为了窃取他在社会学领域独立的研究成果。

而最讽刺的是，在用了那么多年的时间研究偏执型精神分裂症，研究自己的成长过程与精神失常之间的可能因果关系，父亲没办法看到自己的思维在朝着什么方向转化——偏执型精神分裂症的出现。缺乏这样的洞察并不是因为有意地自我欺骗，或者突发地意识不明晰，这是精神失常本身的一种特征。在精神分裂症患者当中，多达百分之四十的人，无法脱离他们的妄想体系和症候群去独立地检视自身的行为和思维过程，这正是精神失常的表征；他们就是很简单地不相信自己患上了精神疾病。

在父亲1989年写给我的一封信中，他尝试向我证明自己并没有精神失常，他给我描述了从他的视角所看到的事情的经过。"1979年，我自己出版了《有组织的政治活动》，结果卷入一场诡计当中。在那本书中，我发表了一个分析体系，用以捕捉处境性的逻辑，这一体系可是价值数百万的。但我犯了一个错误，我说我自己就是这一体系，研究机构只是徒有其表而已。要是我没那么做，他们或许就会买下研究机构，而不去管我。相反地，我成了目标，书出版后没多久，我就注意到我在纽约被跟踪了。跟踪我的人，要么是空军，再不然就是疾病防控中心的人。我还有理由相信我们的电话被监听了。而且就是那段时间，空军的人接近了你妈妈，说了很多关于我的胡言乱语。"

到了 1980 年，父亲酗酒非常严重，这掩盖了他的怪异行为不断增加的事实。母亲发现自己嫁给了一个酒鬼，捉摸不定，不再诚实，荒谬，还很危险。她警告他，如果再不停止酗酒，她就和他离婚，这多少起了点作用，1980 年 5 月，父亲去明尼苏达州森特城的海瑟顿基金会进行了为期十天密集的戒酒治疗。等他回来的时候，他充满妄想的思维过程比以往更加明显了。第一次，他公然指控母亲和不同的政府机构共谋，想要盗取他的分析体系。这让母亲不知道该怎么办才好，只好坚持那个夏天他们应该分开度假。

父亲在玛萨葡萄园租了一处住所，并开始在《葡萄园报》和《华尔街日报》上刊登一系列广告，为研究机构寻求一些投资者。"一本史无前例的出版物；市场前景广阔；拥有国际性声誉；寻求投标人，条件不限。寻求平等的合作者，能够提供经济以及专业的市场支持。"在他 1989 年写给我的信中，父亲这样描述接下来发生的事。"葡萄园是情报人员的天堂，我觉得是我的广告引起了他们的注意。在我 1980 年 12 月重回佩勒姆的时候，事情就不对劲了。我发现电话被监听了，觉得中了你母亲的圈套，所以我在电话里瞎扯了半天一些你母亲以及在佩勒姆的其他人的事。我还能记得自己手里拿着听筒坐在那儿，放任电话在那里通着的情形。过了不久，你母亲就带着你搬出去了。然后一切就都该死地脱离了轨道。而他们指引着我，让我相信为了你母亲，以及我自己的体系的报酬，我要和他们玩一场推理游戏。所以每天从早到晚我都围坐在电话旁，接受着来自大街上的各种线索（卡车的标志、过路人省略的言辞等等），以此为基础，系统地建立了一套框架。在这场游戏中，我每天都需要成为赢家，只有这样我才能知道明天的任务。他们的想法是要完善这个框架，首先需要将我是如何完成我所做的东西（分析体系）的过程记录下来，之后，等我赢了之后，在某个时候我就会收到关于这个框架的合同，再往后，就可以把你妈妈接回来，最终开始我自己的生意了。"

在导致父母离异的那几个月里，父亲尽其所能不让我卷入到阴谋当中。他曾希望在我对此毫不知情的情况之下，能让那些迫害他的人放弃，让母亲退出对此事的参与。他并不希望我满是兴奋和快乐的生活如同他现今的世界一样，被噩梦侵蚀。因此他选择了不可能实现的方式：一如往昔扮演着父亲的角色，同时，却努力让自己摆脱眼前的阴谋，它威胁着他，他自己、连同他所珍视的一切，都在威胁之中走向毁灭。

尽管当时的我并不知道这几个月里父亲在想些什么，但我还是能感觉到他的变化。他看上去不一样了。说话的时候，他开始磨牙，并总是一副心烦意乱的样子。同时歪曲两种不同的世界观，这样的努力损耗着他自己。他喝酒更凶了，也不像以前那么小心翼翼地在我面前掩饰。被围困在他自己的妄想所带来的恐惧之中，最终，父亲开始无法承受压力了。

一天晚上，大概是我过完十一岁生日之后一周左右，我和父亲单独呆在屋里，一起看一部电视上播出的老电影。父亲坐在客厅一把白色的塑料椅子上，我则坐在他脚边的地板上。他喝了酒，我可以在他的呼吸中闻到啤酒的味道。电影结束后，他问我想不想出去兜兜风。说有些东西他想给我看。这让我感到很不安，感觉哪里有问题，但还是答应和他一起出去。我们开车到佩勒姆另一头的一条小路上，直到最近，每个周末我们都带乔吉一起来这里。他在一处我从没见过的房子前停下来，告诉我，要是妈妈还是照现在的样子，不停下来的话，他可能会和她离婚；一旦离婚，这里就是我们俩以后生活的地方。我问他妈妈做了什么，他就把阴谋和她参与其中的事全说了出来。我现在还记得他说的话，"在这个世界上，存在着非常邪恶的人，无论男女，他们用笑容来束缚你。你妈妈就是其中一个。虽然这丝毫不减少我对她的爱。可是，我祈求你能看到这样的暴行是什么，或者起码你有权利去质疑它。"

父亲邀请我进入他的世界，和他一起加入一场无法获胜的战争，在那里，敌人并不存在。他把自己妄想出来的体系强加给我，却没有意识到，他和自己的母亲一样，犯了同样的错误，他这样做正是在扭曲我对世界的想象，来和他自己的保持一致。处在十一岁的阶段，我不得不在他和母亲之间做选择——对正经历父母离异的孩子来说，这也没什么特别。但我面对的情形，两种选择意味着两种对现实截然相反的认知。首先，我的母亲总是温暖、善良、诚实；而父亲却很疯狂，并且变得更加疯狂了。其次，母亲是阴谋当中的实施者，谋划着毁掉父亲的生活；而父亲则是一个被恶意伤害的天才。即便是个孩子，我当然也知道，哪一个是真实的。我开始哭起来，让他带我回家，他照做了。在回家的路上，我可以看到他脸上受伤的表情——在突然意识到自己的儿子在害怕他之后。

之后的几个星期里，母亲感觉到了我的恐惧。当意识到她不再能确保我处在安乐之中，她向父亲提出离婚。我清楚地看到父亲，他站在通往二楼的楼梯口，母亲刚告诉他，她要搬出这里，而且要把我带走。他慢慢地在下面的楼梯上坐下来，用手捂着脸。我很想跑到楼上自己的房间里去，却不知道该如何从他身边经过。我就原地站在那儿，开始大哭起来。母亲也在那里哭着，父亲也是。我们每个人都知道，一切都结束了，我们的家已经不复存在了。母亲看到了前方的自由。我不知道前方有什么。而父亲，我想，可能在那个瞬间，看到了他的未来——亲眼目睹自己未来十四年的生活，在一瞬间，经历了那些在未来等待着他的折磨和迫害，无论是真实的还是想象中的。

1981年6月，我的父母离异。法官将佩勒姆的房子以及我的抚养权都判归母亲所有，同时下达的还有一道禁令，父亲必须远离她，远离我，远离我们在佩勒姆的房子。还差两个月就三十八岁的父亲，失去了曾让他稳定的一切，失去了所有让他不再仅仅是一个局外人的一切。他带着乔吉回到布鲁克林的湾岭，母亲完全不顾我的抗议，对此深表赞同。父亲则在那里找了一份出租车司机的兼职。那年夏天晚些时候，不可思议的事情发生了。父亲之前在圣约翰大学的一名研究生告诉坎伯博士，他叫了一辆出租车，结果发现开车的是自己之前的教授。他试着和父亲交谈，父亲却回答他说自己的出租车被联邦调查局监听了，不能自由说话。

父亲和我没能成功地在房子后的车库建起自然历史博物馆。那时候正是他变化的开始，那个玻璃瓶被彻底遗忘了，我们的计划也被抛诸脑后。我已经记不起那个玻璃瓶被埋的具体位置了，但父亲死后，我第一次回到佩勒姆的时候，走在后院里，测量着地形，我甚至有点期待看到生锈的盖子从地里冒出来。我开始想知道父亲的方法是不是生效了。站在那里越久，我的想法越开始变得荒谬起来。我确信酸变弱了，在我脚下的某个地方，被关在瓶子里的乌鸦仍旧看得出形状—被泡软的肉、羽毛以及骨头。有一阵，我相信这样的状态那么久地停滞在时间之外，就是在以这种方式阐释着，对父亲和我，事情何以演变成如此结果。

6　囚犯
ılılılılılılılılı

　　父亲死后这些年，佩勒姆的房子里所隐藏的秘密都逐渐被揭开了。填满的手提箱里，照片、信件、空的啤酒罐、家庭电影、杂志、主题著作和书籍，所有这些都增加了我对父亲的理解。但我最重要的发现，则是在1996年秋天从教堂山返回之后找到的一堆答录机的录音带，它们被放在一个壁橱下面，等着被回收。我翻出小时候用的卡带播放机，坐在我的老房间里，一盘接一盘地听。父母离婚之后，答录机基本上一天二十四小时都开着，主要为了避开父亲接连不断的电话。但也因此，成了一个记录下他声音的绝好机会。

　　录音带为那几年生活的回忆提供了详细记录。随着信息来来去去，夹杂着答录机本身的声音效果，我惊讶地发现，日常生活仍在毫无减色地进行着。我听到一位早已忘记多时的童年伙伴的声音，他问我是不是想过去和他一起玩龙与地下城或是大富翁。一位邻居打来，想在他们外出的时候托我照顾他们的猫。我的儿科医生给母亲留了信息，告诉母亲我的化验结果是良性的，我并没有感染脓毒性咽喉炎。我甚至听到了自己的声音，问母亲是不是可以在我最好的朋友弗兰基家过夜。

　　当我终于听到父亲的声音时，它和我记忆中的一模一样。最后两盒带子，从 1982 年开始，里面大都是他的留言。那个时候的他深信，自己在答录机里留下的每一句话都会被联邦调查局和中情局的人转录，并被散布出去。其中一些留言是一个受惊吓的醉鬼含糊不清、漫无边际的胡扯。其他的则言辞谨慎，说些自己如今被迫害的状态，他将自己假想成受害者。有一则留言，父亲提到那是 1981 年的 3 月，父母离婚三个月之后，他说自己曾试着自杀。

"是我。正如我承诺过的，这是你要的信。致中情局的负责人威廉·凯西。先生，大概在 1981 年 3 月，你们机构和电话电报公司，佩勒姆警察局以及一些其他机构合作，想要让我按照如下的方式自杀。我当时的妻子在你们的教唆下遗弃了我，把我的儿子也一起带走了。我被你们设计好的阴谋逼到孤立无援的境地。我家里的速溶咖啡里被掺入了镇静剂。我感到持续的疲倦，接电话的时候、在车里、走在车旁的时候，都是如此。尽管当时我还没有意识到，但我早已能够将读心能力用于自身，所以我对自己身体所有的状况都了如指掌，当然这一切也都被你知悉。因此，我确实想积极地寻找一种方法来将自己杀死。一天晚上，我记起在浴室的橱柜里找剃须刀片和药。在这个过程的每一步，那些对此负有责任的人都知道我可怕的精神状态，以及我对可能的方式的积极寻找。日安。"

高达百分之十的患有精神分裂症的人会寻求自杀，以此来逃避精神失常所带来的恐惧。重听父亲的留言，作为一个成年人，我可以听出他声音中所夹杂的恐惧。但在我还是孩子的时候，赶在母亲下班之前在家里偷偷地播放他的留言，我能感知到的只有自己的恐惧。我很害怕他会伤害母亲。我还很担心，他的偏执会扩及我，终有一天他也可能会伤害我。十五年之后，他的声音依旧让我害怕，但和之前完全不一样了。我又重新体验到了我第一次看到流浪汉时的感觉。我知道自己在看一些恐怖的东西，一些本不该如此的东西。但这种感觉要更甚于此，重新听到他的声音，就像是在医院的电梯里，站在一个躺在担架上已经失去意识的人旁边，是离死亡如此贴近的恐惧，而在这里，是意识之死。

在一声刺耳的哔哔声之后，父亲的声音又在句子说到一半就消失了，他的虚张声势几乎掩盖住了正在涌动的恐惧。鼓励他自杀被他成功地抗拒了。他决定予以还击，将他们的阴谋公之于众。这里，又一次，局外人强调自己需要被公平对待；守门人致力于给一个荒谬的世界注入理性。"——我向全能的上帝发誓，我并不是在开玩笑，已经太晚了，我被你们羞辱得够多了，你们绑架了我的儿子——是绑架——我在尽量用最恰当的方式来维持我自己的权利。不管做什么，我一定会让你们赔偿，所有你们称为赔偿的东西，这里发生的一切，所有你们曾扩散、推动或是协助所做的事，你们都将会遭受惩罚，这是绝对的；我保证这不会让你们太好过。为了我的儿子，我会亲自动手，所以那你们别想着蒙混过关，或是篡改历史。做这些可能要花我十年的时间，但我向你们保证，这绝对会发生。我向全能仁慈的上帝发誓，只要我活着，我就不会停下来，直到你们所做的一切得到公正的裁决，你们都受到相应的惩罚。那些大公司、电话电报公司、中情局、政府，以及每一个人。如果这需要我花上十年的时间，那绝对不成问题。"

继学术生涯脱离轨道，父母双双去世后不久，查尔斯又失去了他的妻子、儿子，甚至连居住的房子也没有了，这刺激了他的妄想系统不断扩张，同时也让他开始做一些冒险的事情。尽管查尔斯已经失去了稳固的收入，从 1982 年起，他开始兑现一些走势平稳的股票期货，这是离婚的时候，他希望能公开针对他的阴谋的细节，作为补偿而得到的。他不再写一些基于他的分析体系的专题著作了，而转向发行一系列妄想性的时事通讯月刊，每一期上，都在上方印有机构名称的红色标题。查尔斯总共发行了十五期，标题类似《如何毁灭自由和世界（一封写给克格勃和中情局的公开信）》、《责任》、《给我儿子的一封情书》、《人质》、《来自于父亲》、《政治的囚徒》、《作为消极乌托邦的民主和自由企业》。他把这些发给家人和朋友，或是世界各地一些公众人物，希望能藉此恢复自己的事业，并同时阻止对他的迫害而不会落得自己最终屈服的结局。让人诧异的是，他收到了来自全国各地为数不少的期刊订单，这些人自己的阴谋理论，不知是否是因为精神疾病的驱使，竟暗合查尔斯的妄想。

查尔斯将他全部的才智，以及多年来作为一名社会学家的训练都用在了写这些时事通讯上。它们才华横溢，却时不时地衔接着偏执型精神分裂症患者所承受的痛苦，读起来让人心痛。可是，在这些文章里，却从没有出现过"精神分裂症"这个词。他依旧没有意识到自己已经病了。他的妄想体系将他所经历的偏执型精神分裂症状彻底改造为由他的迫害者施加在他身上的一场精心策划的社会实验。他坚信，他的迫害者夺走了他所珍视的一切，就是为了强迫他为自己的分析体

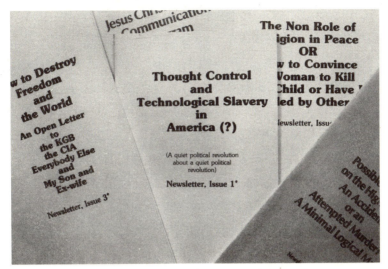

父亲的全部才智都用在了写这些时事通讯上

系建立一套框架。在这一计划失败之后，他们设计了一种方法，从他的脑袋里把那套体系提取出来——这使得他成为这一新方法，他称之为"思维控制"的第一个实验品。从他第一篇时事通讯文章，《思维控制和美国的技术奴隶？》起，他就开始描述思维控制，向世人揭示这一实验不人道的固有本质。

思维控制有两个层面。就在离婚之前，查尔斯开始意识到了第一个层面——他的迫害者无处不在。他意识到，他们尽其所能地派了几乎可以想象到的任何人来监视、控制和操纵他的行为。"如果我在这篇时事通讯后附上一个参与者的名单，它会包括以下所有人在内：过去的雇员和助手、朋友的家人、银行、保险公司、主要的报纸、电视台、广播电台、公共设施、宗教机构、妇女团体、老兵组织、私营企业，还有能想到的每一个政府机构，从美国总统办公室到国税局，再到海关和纽约整治违规停车的分局。最重要的问题是'谁没有参与'，而不是'谁参与其中'。"阴谋的参与者无所不在，意味着他的迫害者可以完全控制他所处的社会环境。每一天，他醒着的每一刻，他都生活在一个被有目的、被预先结构过的社会环境之中，在这个新的世界当中，查尔斯根本没有任何机会发现自己。

离婚三个月之后，查尔斯意识到了思维控制的第二个层面。"从1981 年 8 月之后，我的思维意识就可以被远距离读取。我想到的对他们所有可能的防御和逃避措施都被他们知道了。我无处可逃。"为了让他的迫害者显而易见的读取他思维的能力成为现实，查尔斯假设了一种新技术的发展："我摄入了少量的放射性物质，这是他们特意注入我食里的。有了这些，不需要外部的装置，血液也不会反映出毒性，甚至身体上也表现不出来。而对思维的复制过程，不是通过热传感器，就是通过无线天文望远镜的技术。在很远的距离就可以实现。甚至可能动用了卫星。实际上，我被改装成了一个行走着的无线电发射机，却没有装开关。"

在第一篇时事通讯的结尾，查尔斯论证了这两个层面是如何结合在一起，使得思维控制成为可能。"意识到的思维被远距离读取，而环境中的线索被改变，从而影响思维过程中的变化。反之，在洗脑的过程中，一个人在想些什么是由询问者来推测的，但思维控制则是对真实的推断过程的读取和操控。对精神过程的直接介入在这里成为了可能。"思维控制让查尔斯的迫害者一天二十四小时接通他的思维，这样他们就能任意改变他所处的社会世界，并且在任何时候都可以修改，删减或是刺激他的思维进程。

"为了控制我所能观察、感知到的东西，以及我如何做出表述，他们将我的手势和姿态做了详尽分析，并建立了一套系统，针对特定的个人问题，我做出某些特定的动作，而一旦这些手势被解码破译为建议，就会被加入系统里。但这个实验远不止步于此。我个人的信息、私人谈话也被广泛地流传了出去。过去所犯的错误和成就都被别人拿来或嘲笑或贬低。我做的梦甚至被他们具体化了，表演出来，被一些大众模仿，而且他们是被训练这样做的。更糟糕的是，我那些最怀有敌意和最不堪的想法也进入报告当中，被指派给完全陌生的人来回应它们。我成了那些本是我最过消极、一闪而过的念头的集合体。因为这些念头，我不断地遭到批评，而这本来就是这些批评我的家伙们所引起的。只有一个词可以用以形容我所深处的世界：地狱。"

　　到了他撰写第二本时事通讯的时候，查尔斯确信他的迫害者的目标已经远不止窃取他的分析系统那么简单了。"他们想把我当做小白鼠一样，全面推进思维控制技术的发展。他们的目标：大范围深入地推广一项个性改变的项目。"方式本身成为了终点。这也意味着，现在再也无法预测这项试验是否会自动终止，或者何时终止了。在意识到想要人们相信他的遭遇，最有效的方式就是，让人们理解，他所经历的一切，也可能会影响到其他的人，甚至他们的生活。他警告那些时事通讯的潜在读者，不要把自己看做一个特殊的个例，如果他的想法和行为可以违背自己的意愿被系统改变，同样的事情可能，而且最终一定会发生到他们的身上。

　　从 1982 年初开始，当时我十二岁，每次父亲完成这些他在妄想的驱使下完成的文章，都会寄一份给我。每次都是差不多一个商业信封的大小，订起来，有三十到四十页，最上面是米黄色的卡片封面。每一本都散发着他雪茄的味道。我看着它们，手里拿着字典反复地读着。这时候，我知道父亲状况的恶化，不仅仅是酗酒的缘故，更多是因为他的精神疾病。面对他的时事通讯、信件、电话留言，在这些东西的影响之下，我开始想要理解父亲所经历的一切。我需要去理解，为什么**我自己的**父亲——我童年冒险的伙伴，我宏大计划的合伙人，在我成长的阶段我最想成为的人，竟然变成了这个世界上我最害怕的人。回答这个问题，正是我童年最后的一个宏大计划。

父亲搬出去的时候，大部分有关于精神疾病的书，他都没有带走，而在读完所有父亲这些旧书之后，我慢慢总结出，他的症状和偏执型精神分裂症最为接近。在我的阅读中，我了解到，精神失常会遗传，如果父亲有精神分裂症，那子女患病的几率是普通人的十倍。这一发现着实破坏了我的自豪感，当我意识到自己也遗传着某种基因，再想想父亲曾经的样子，心底逐渐升起一股恐惧，要是我和父亲太过相像，我是不是会沿袭他的命运。还好我或多或少把这种恐惧控制住了，我告诉自己，要是担心这种可能性有什么作用的话，那只能是助长它变为现实。

我的恐惧，对失去的感知，再加上青春期荷尔蒙的冲动，把我变成了一个自觉、内向的人，即便我在尽量减少我们之间的联系，可父亲，以及他的失常都深深困扰着我。我很少回那些定期不断寄来的信和时事通讯，电话响的时候也从来都不接，但我总是跑到机器跟前，打开目录，以防万一是他的来电。

那时候我还不知道父亲在他就读研究生期间曾研究过精神分裂症。精神分裂症并没有摧毁他的记忆——这本不是必定会发生的。父亲清楚地知道，自己曾经一度担心他会患上精神分裂症，而如今从外部的视角来看，如果真的出现了精神失常的症状，那将会影响到他所宣称的关于思维控制的可信程度。在他时事通讯的第二个系列《思维控制和美国的技术奴隶？》的第二期中，他直接攻击了这个问题。"如果我反抗太多，或者我的抗议太过有效，这取决于迫害我的人的想法，我将会面临实验终止的前景，但紧跟着的是大量对真相的否认。也因此，我会面临着被他们贴上精神病标签的最终威胁。"

父亲相信，这个实验被迫害他的人特意设计成这个样子，这样他的反抗就会和精神分裂症的症状非常相似。那些人用自己的新技术进入他的记忆，并发现了他的阿喀琉斯之踵——过去他自己对精神问题的担忧，他们抓住这一要害，利用他过去的恐惧来控制他。他对此的反应，一边是他自己的决心，另一边则是在他的妄想世界中跳跃。"这个策略只有一点是错误的，真相并不再是由舆论决定的，而是由人类所掌控的自然法则决定的。"

1982 年期间，查尔斯的情况一直在持续恶化。他写的时事通讯就能证明这一点，虽然内容是思维控制实验进一步的演变。到了1982 年 5 月，他的迫害者们的思维读取技术有了很大的改善。在那之前，他们只能读取他的思维，现在，他们还能以声音的方式向他发送信息，那种声音只有他一个人可以听到。为了对付他称之为"技术变形"的新变化，查尔斯提出了一种新的策略。"我应该用合理的争辩来应对这种'广播'的形式，有一些，我在别人面前都有点难以启齿。但我是在定义一种完全不同层级的现实。"换言之，到了 1982 年的 5 月，查尔斯开始大声地自言自语——精神分裂症的典型特征。

1983年初，查尔斯觉得自己受够了。他在时事通讯里多次要挟他的迫害者，要是他们还不终止这项实验，他就会离开美国，那之后，他跨过边境，在魁北克租了一套公寓。他曾设想，这项实验是国家性质的，但自己在那里受到的骚扰一点都没有减少，这让他很惊讶，也很害怕。到了那里几周之后，他经历了一场严重的车祸，在他看来，这是他们粗鲁地想要灭口的举动，他又回到了纽约。之后，他不停地搬家，流落在北部不同的小镇，每次只住几个月。那时候，他的行为已经非常奇怪了，不管住在哪里，都很快被当地人疏远。他深夜在自己的公寓里尖叫，检查邻居的邮件，在餐厅里自言自语，这些都被记录在各地一系列的警察报告里。当觉察到自己太引人注目的时候，他就搬到另一个地方，经常是靠近大学和大学图书馆的小镇或城市。这种模式一直在重复着。

查尔斯最大的恐惧已经不再是迫害他的人终止实验，却并不对此做出解释，或是给他补偿，留下他自己去解释那些表面上看起来非常失常的行为。他在加拿大的经历让他更加确信，这项实验近期内不会结束。他现在最担心的是实验会进一步扩大。在查尔斯1983年春天自己发行的最后一批时事通讯里，他总结了他的迫害者迄今为止的成就，并预测了自己的未来。"透过欺诈性的法律程序，他们系统地循序渐进地推进着，把我拥有的一切都拿走了：我的事业，我的房子，我的妻子，我的儿子，我的车，如此等等。而列表里'被拿走的东西'还将扩大到我的社会认可、我特有的身份和我平静的理智。最终，我会以精神病治疗的圈套，失去我的自由。等到在我的意识被逼迫到暴怒的地步，继而开始反抗自己的命运，随之而来的，将是对我最大限度的攫夺，真相会被'带走'。"这也意味着，查尔斯担心迫害他的人，为了更好地控制他的活动和行为的自由，到了必要的时候会设圈套让他犯下非法的罪行，最终落入一家精神病院里。

面对这次的威胁，查尔斯于1983年秋天离开纽约，在人烟稀少的伊士曼租下一所房子，这是位于新罕布什尔州格兰瑟姆镇附近一个很小的、分布在林间的居住社区。他也不再发行新的时事通讯，甚至放弃了他的研究所。他希望要是他退出，并低调一阵子，或许有可能逃避迫害者的惩罚，强迫他们因为消耗过大而遗弃实验，或是寻找一个新的实验对象。他也意识到，要是他真的到了愤怒反抗的境地，独自一个人住在树林里会让他比较不容易失去控制，伤害别人，或是做一些违法的事情。

1983年12月，父亲从自己的潜伏中走出来，出乎意料地在我十四岁生日的时候出现在佩勒姆。当他开着从他父亲那里继承下来的米色旅行车停下来的时候，我正在街上和几个朋友踢儿童足球。知道他不仅记得我的生日，还特意开车从两百多公里以外的地方赶过来，我本应很开心，但比起我应该感受到的快乐，我却更担心他在朋友面前拥抱我。事实上，他用力地抱着我，我的后背感觉就要裂开了，之后，他松开我，在离我仅一臂之远的地方，对我微笑着，告诉我，我的肩膀已经变得多么宽了。等到母亲从屋里出来，他问她是不是能带我在附近走走。他看上去很冷静，也很稳定，母亲不是很情愿地答应了。

父亲迫切地想听我的各种近况，以及我在之前的两年半都做了什么。我们走到山上，右转到了哈蒙大道——走过几年前我们和乔吉一起发现乌鸦的地点，在施托雷尔大街再往右转，最后在华盛顿大道拐第三个弯，然后就回到了我们的街区。他问了那么多问题，我简直是在上气不接下气地回答着。我的学校怎么样？我的绘画进步了吗？我有没有女朋友？我的朋友们都是什么样的？我还去钓鱼吗？我的自然收藏有没有增加新的东西？他写给我的信我是不是全都收到了？

为了给我们之间的关系注入一些正常的东西，在那几分钟，父亲努力克制着自己，没有提思维控制的阴谋或是离婚。我回答了他所有的问题，但这仍没能动摇我的恐惧，每当他说话的时候，我脑袋里总是回想着他在留言机里的声音和他的时事通讯。我还没有准备好去询问它们，以及我所猜测的对他的诊断。等到了山顶，已经能够看到我们的房子了，他掏出钱包，给了我二十美元，他说他实在没时间给我买一件真正的礼物。我拿了钱，对他说谢谢。回到房子前面，他拥抱了我，让我离开，但突然又开始拥抱我。我从他的手臂挣脱了，跑回去加入我的朋友们。那时的我还太小，还不懂得担心，我可能再也见不到他了，也不会担心第二个、那个被中断的拥抱可能也是我们的最后一次。

1996 年冬天的一场暴风雪，几乎让整个新罕布什尔都被覆盖在高达半英尺的积雪中，而我就在那个时候开车到了伊士曼。根据父亲的警方和法院记录，我找到了几个他住在这里时认识的人，从他们那里了解了一些当时的情况，我惊奇地发现，父亲在伊士曼里还结识了一位新朋友。每个月父亲交房租的时候，一位年纪稍长的房产经纪人常会让他进来坐一会儿，喝一杯咖啡。他就是找这位经纪人租的房子。她不仅同意见我，和我谈一些关于父亲的事，还为此特地烤了一个苹果派。

这位房产经纪人告诉我，父亲每次过来，很多的时候都会谈到我，和她分享他记忆中的过去时光，他还经常沮丧地抱怨，因为他尝试给我打电话，但从没有成功过。但他们最常谈论的话题，却是多蒂。"我的年纪都可以做他的妈妈了，他也知道我有和他一般大的儿女。他常问我，'如果你是我母亲，而我做了诸如此类的这些事情，你会怎么办？'然后他会说一些孩子才会说的话。我感觉他想弄清楚，到底是什么导致了他的问题，所以我尽可能地去帮他。"和他的朋友坐在一起，讨论她如何教育小孩，在父亲完成双重束缚理论的论文十五年之后，父亲似乎仍被他母亲对他生活的影响紧紧地抓着。而他问她的问题，让我看到了这种可能性，他的迫害者试图让他对自己的神志产生怀疑，而在他不稳定的那段时期，这种意图并不是完全没有产生作用。

离开前，我向这位房产经纪人打听，看她是不是知道在伊士曼父亲究竟发生了什么事情。她告诉我，好像父亲和几个邻居之间有一些误会，但是她也从没弄明白，为什么他在 1984 年 6 月如此突然地离开伊士曼。我感谢她的好意，之后在雪中长途跋涉去拜访父亲曾经的两位邻居，在十二年前，他们曾签署过抗议我父亲的警察报告。

在拜访佩勒姆六个月之后，查尔斯曾经预测的未来开始变为现实：迫于外界的逼迫和他的混乱，他开始变得暴怒，开始反抗自己的命运。这是第一次，也是唯一的一次，他异常的行为越过红线，演变成为暴力。新罕布什尔的警察记录下了当初发生的一切。在六月初的一个晚上，查尔斯带着乔吉去散步。就在他们马上要到家的时候，乔吉在树林里抓到一只松鼠，紧接着就消失不见了，第二天早上，乔吉还没有回来，查尔斯开始认为迫害他的人带走了自己唯一的伙伴，从而进一步惩罚他。他开始用力敲打隔壁邻居厨房的窗子。当时邻居正在准备早饭，隔着玻璃窗朝他喊，他觉得是她偷了自己的狗。在他的敲打之下，窗子碎掉了，他也跟着呆住了。

那天晚些时候，查尔斯沿着伊士曼的公路寻找乔吉，一辆车超车到他前面。查尔斯跟着那辆车到她的车道，朝她大喊，让她离自己远一点，之后朝她的脸上打了一拳。他很确定，她开车插到自己前面，就是因为他思维的消极方向想给他一个直接的警告。那天晚上，警察在家里找到查尔斯，并逮捕了他——而乔吉在那之前几个小时已经自己溜达回来了。他整个晚上都呆在监狱里。第二天一早，警察将他转移到康科德的新罕布什尔医院去做精神评估，并把乔吉放在当地的一家动物诊所，在那里等待它主人的命运。

我有点愧于承认，因为媒体对精神分裂症患者常会伴随暴力犯罪的流行说法，在刚开始调查父亲经历的时候，我最担心的是会发现他曾经杀过人的罪证。而事实上，尽管媒体总是报道一些耸人听闻的事，对精神分裂患者做曲解的描绘，可他们中的大部分都没有暴力倾向。相反的，他们更倾向逃避或是自己呆着，就像父亲的例子，从发病开始，大部分的时间他都是如此。大众媒体把少数几个和精神分裂症患者相关的暴力犯罪都归于他们头上，却对他们的挣扎和取得的成就视而不见，虽然这两者是并存的，却并不把这些算作精神失常的正常表现。这正是媒体和大众对于这些处在精神分裂困境的人们冷漠的象征。而对这些患者来说，除非他们受到直接的威胁，让他们陷入极度的绝望当中或是遭受不合理的对待，这时候，他们的精神失常才会导致他们中的一部分走向犯罪。

我到新罕布什尔医院的时候，大雪还在下着。在 20 世纪 50 年代中期，这里的病人曾多达两千。而在三十年后，我父亲被送到这里时，仅剩下 250 人了，如今，这一数字减少到了 120 人。因为人数的锐减，父亲当年所住的匹斯利大楼早已经在 1986 年被关掉。大楼前边的部分被改造成办公区。父亲的住院记录就躺在其中的一间办公室里，在我来之前，我曾向他们提出过申请，那里的一名管理员，还带我参观了大楼的其他部分。

匹斯利大楼的两翼，之前曾是病人居住的地方，现在已经被废弃了，就好像是一头传说中的野兽并未发育完全的部分。十个没有水、暖气和电的新罕布什尔的冬天，将这里变成了一场大火肆虐后的废墟。大部分装有金属护栏的窗户都破裂或者干脆碎掉了。屋顶上挂着的画剥落成条，罩在这里，如同一张纵横交错的蜘蛛网。地板上覆盖着一层厚厚的碎屑和灰尘，鸽子和乌鸦干掉的尸体躺在废墟中，有一半已经被埋在里面，这些可怜的家伙从窗子飞进来，就再也没能飞出去。所有的门，不管是入口处通向每个侧翼从天花板垂直到地板的大门，还是通往每个狭小的单人病房的门都覆盖着一层铁锈。

墙上仍旧贴着一些被撕破并褪了色的海报，上面印着患者在这里的行为规范，除了这些，能让我确信这里是一家医院，而不是监狱的，就只有在 P—1 区的走廊上所绘制的很多张贴画，这里也是父亲住的区域。我打听这些画的来源，管理员告诉我，他们都出自 20 世纪 60 年代中期住在这里的一位精神病患者的手笔。剥落的颜料，加上昏暗灯光的照射，让这些画看上去很深刻，而被保存在这样的环境中，又给它们蒙上了一种神奇的色彩。每一幅画的内容都是不一样的：咆哮着的瀑布；撒哈拉平原落日下狮子的剪影；一只灰猫坐在打开的窗子前，望着外面广阔、色彩斑斓的花园——但所有的主题都是一致的：自由。

州立医院患者数量的减少始于20世纪60年代中期，那时候，这些在P—1区域的油画才刚刚被画上去，而父亲正在几百公里以外南方的另一家医院里，作为一名年轻的看护和一名我行我素的研究员工作着。三项社会的发展一起推进了当时的去机构化的运动的潮流：20世纪50年代，氯丙嗪——第一种用于精神分裂症治疗的药物，开始被采用；全国性的对于住院费用的担忧；很多精神病医院里，病人所处的凄惨环境被曝光，所有这些加起来，导致公众对保护精神病患者的公民自由的关注度得到极大的提升。

作为成果，1963年，《社区精神康复中心法案》通过，作为医院的替代品，在全国资助筹建一些庇护所、社区精神康复中心、社区住房等等的基础设施，作为对精神病人的基础护理。同时，法律对非自愿监管也更加严格了。尽管在不同的州，法律不尽相同，但基本都包含着这样一条：存在问题的个体必须对自己和其他人构成明确的伤害。

在这之后的60、70和80年代，大批的患者进入社区。但这一精神病护理体系的转变最终失败了，因为底层永远得不到恰当的资助，同时也因为建好的社区精神康复中心经常被改造成针对健康、健全人的诊所。今天，因为去机构化的失败，超过百分之六十的患有精神疾病的人都不能得到应有的照顾，而全国有将近三分之一的流浪汉都是这些精神状况有问题的人。

在试图发展出一种关于精神疾病的新观点的二十年之后，查尔斯成为新罕布什尔医院的病人，编号为64884。第一次，他混杂的奇怪行为被正式做出诊断：慢性偏执型精神分裂症。查尔斯档案里的病例记录由不同的工作人员所填写，记录病人病情进展、症状的变化、所说过的重要的话和行为，而这份记录可以证实，查尔斯确信，他的医院治疗正是实验升级的一部分。他相信，他的监管是被算计好了的，就是想把他从真实世界孤立出来，强迫他接受自己是一个病人和囚犯的角色，从而削弱他对自己头脑健全的自信。从一开始，查尔斯就认为工作人员是阴谋的一部分，他任何的合作都会被他们解释为他承认自己的精神状况有问题。毫不意外，所有想让他接受精神病药物治疗，从而减缓他症状的努力都被拒绝了。他还拒绝提供自己的任何个人信息或是个人经历，这让他在病房成了一个神秘人物。

查尔斯基本每天都坐在同一把椅子上，病房远处的窗户倒映出他的身形。一连几个小时，他在一个小便笺本上用细小的字体写着什么，但他从没给任何人看过。他总是一个人呆着，不和其他病人或是工作人员交往。只有在吃饭和在健身房锻炼的时候，他才停止写东西，不过他倒是很热衷于锻炼身体。他对于自己被监禁所表现出的明显的敌意、构成他犯罪的暴力行为以及他的魁梧的身形，让这里的陪护人员、护士以及大夫都对他很谨慎。工作人员和医院的行政人员都在担心，他可能想逃出去。结果，他从没能像其他病人那样，被允许到病房外。

直到九月，查尔斯给克利福德写了封信，指控他参与到这场阴谋当中，这才让工作人员多少知道了他的一些个人史。克利福德联系了医院，想弄清楚到底怎么回事，并向医院提供了一些查尔斯的个人背景和信息。他们震惊地发现，医院里唯一让他们害怕的病人，竟然曾是一名大学教授。克利福德的评价、工作人员的记录，加上警察报告和病例记录，组成了查尔斯最早的精神病档案——直到他死亡，这份档案加起来，足足有上千页。

尽管工作人员无从知晓，但克利福德在讲述家族史的时候，只说了基督科学教好的一方面。多蒂和比尔是非常棒的父母。拉胥梅耶家族本身没有任何问题。按照克利福德的说法，查尔斯这样的结局都是因为他失控的傲慢以及酗酒，后者是他在离家之后发展出的倾向。言外之意非常明确：他的心灵非常脆弱，一个缺乏信仰的人。查尔斯曾那么努力去抗争，想要让自己从多蒂的妄想系统中逃脱，可现在，它又回到了他的精神病治疗的记录中，隐隐作祟。

一年过去了，期间，查尔斯从没去过外面，除了透过装有金属丝网的窗户，他甚至连天空也没有看到过。到了 1985 年 6 月，为了解

囚犯

决查尔斯一直拒绝接受治疗的问题，新罕布什尔州梅里马克县的监护法庭裁定，查尔斯因精神失常无法自理，"需要一名法定的监护人，帮助其持续的护理、监管和复原。"这对患有精神分裂症的患者经常是必要的，他们很可能会处在自己的妄想系统当中，如果不这样做，他们绝对会继续拒绝治疗。通常，法定监护人只在涉及和治疗相关的法律问题上才会和病人见面。他们对查尔斯的监护的责任是非常有限的。他的监护人有权对他治疗的需要做决定，但不能够控制他的经济，也不能向医院隐瞒他在释放之后的行动。在查尔斯一位新罕布什尔医院医生的建议之下，监护人立即同意了治疗方案，让查尔斯非自愿地服用抗精神病药物氟哌啶醇。

抗精神病药物对查尔斯起到了很大的作用，但对他的思维过程影响却很有限。他很快变得不那么充满敌意了，也不再像从前一样事事谨慎。他还在念叨一些妄想中的想法，但明显不那么强调了。可重要的是，他还是不能意识到自己的精神出了问题，或是将他的好转和药物治疗挂起钩来。在他的病例记录里可以看到，"尽管他不情愿地接受无可避免的药物治疗，他从没充分认识到治疗所产生的良好效果。比如他曾说，他不知道为什么人们停止读取他的意识了，但因为他们的停止，所以他不再自言自语了。"

尽管查尔斯的症状还存在着，但显然他对自己或是其他人都不再危险了。针对他的有条件的释放也开始进入了准备。查尔斯签署了一项声明，同意在他被释放之后，每周他都去会见莱巴嫩精神康复中心的一位个案经理，继续自愿服用药物，如果不遵守，他就会被送回医院。一位在医院工作的社会工作者很快帮他在新罕布什尔的莱巴嫩找到一处单间的住所，到达特茅斯大学也只有很短的车程。通过他的法定监护人，他还申请到了每个月604美金的附加社会保障收入，这是由社会保障总署专门提供给残障以及缺乏工作能力的人的收入。

当查尔斯开始重新与外界接触，他发现，就在他在医院集中精力避开他的迫害者的那段时间，他几乎所有的物质财产都丢失了。曾经帮他停车的车库没有收到每月的租金，已经把他的车卖掉了。而乔吉也因为没有人支付当地的动物中心代管的费用，已经被另外的人家收养。在查尔斯被带走的时候，他曾嘱托他在伊士曼的房东，将他一些重要的财产存放在地下室，包括十年来为以后进一步的社会学研究所积累的日志。她答应了他的请求，但等他释放后再联系她的时候，他被告知，自从被水淹过之后，所有的东西都损坏了。

1985年10月，在州立医院呆了整整十六个月之后，查尔斯重获自由。从他的角度出发，这次的经历并没有让他的状况变得稳定，也没有让他在社会交往方面有所提高，却让他意识到什么是自己最害怕的。剩下几样能够赋予他生命意义的事物都被夺走了，现在的查尔斯拿着一张偏执型精神分裂症的诊断书，一张氟哌啶醇的药方（每天口服一次），每个月一张附加社会保障604美元的支票，外加对他的威胁：要是他努力想去掉精神分裂症的标签，他现在被释放的状态会被撤回，他不得不重新回到医院里去。他被困住了。只有他积极地接受，并主动养成偏执型精神分裂症患者的症状，他才能确保暂时不再成为一个囚犯。要是他以言辞或是行动反抗对自己的诊断，他身体上的自由就会又一次被剥夺，直到他再一次顺从。迫害他的人很好地实施了他们最后的威胁：不需要承认他们所做的一切，同时还给他贴上了精神病的标签，只有他自己一个人确信，自己是神志清醒的。

7 精神分裂症患者
||||||||||||||||||||||||||||||||||||||||||

从 1984 年 6 月开始，那时我十四岁，父亲突然不再写信来了。我完全没有担心过父亲是不是去世了，我在担心他可能把我忘了——又一次证明了我还太小。他的下一封信要等到 1985 年 10 月才到，正好是他从新罕布什尔医院被释放的那个月。在这悄无声息的十六个月期间，我常常想起他，但我正处在我的青春期，想到更多的是我自己。我把精力都花在怎么度过这个典型的尴尬和痛苦的时期。反讽的是，我最努力的部分，集中在我逐渐递增的对精神疾病的兴趣。我虔诚地阅读着关于精神分裂症的书籍，开始极端地崇拜那些对精神疾病富有创造性的作品。我惊叹于人的意识竟然如此的脆弱，也惊叹于我们竟然如此深信，理智自身的坚固，以及永恒不变。等到父亲被释放，又开始写信给我的时候，他不知道，他快到十六岁的儿子，已经根据事实形成了自己的想法，确定自己有一个患了精神分裂症的父亲。

在写给我的信中，父亲在努力塑造一个在我生活中更加正常的父亲角色。他小心地避免提及他的住院治疗、对他的诊断以及整个阴谋。即便在那么遥远的地方，他竭尽全力地培养我的兴趣，激励我的教育。一个例子，他意识到我喜欢诗歌，就在达特茅斯大学的图书馆花了一周时间收集一份很长的诗歌参考书目，随后寄给了我。他还给我买了几本哲学书，包括维特根斯坦、伯克利、奎恩的著作。随书寄来的信里，他写道："我想要做的，是在你的图书馆填满你或许会称作自我教育所需要的书籍，起码我是这样想的。"

十六岁的生日，父亲挑选了一些他最近写作的东西。这是他唯一能给我的东西，这也是在这个世界上对他来讲最珍贵的东西。一起寄来的信里可以很清楚地看到，思维控制、对他的诊断或是他在州立医院十六个月的记忆，并没有让他气馁，或者让他放慢速度。他写了他新近感兴趣的在社会学方面的一些内容。他也恢复了他的机构，以及对于情形性逻辑的研究。他之前命名为分析体系的研究，现在被改成分析空间。在信结尾的部分，对他的未来，虽然很谨慎，却仍饱含着乐观的态度：

> 这是一个父亲从他惨痛的经历中给你和你未来的建议：唯一真正的投资是你自己，以及你能做的事情。那是没有人可以夺走的东西；只有在持续不断的自我成长过程中，你才能意识到这种投资。过去的五年对我来说并不容易，但是我很幸运，自己能够重新发现这一点。这让我能在达特茅斯重新回到工作的正轨，让我不再变得沮丧或害怕。我确实不知道一个人怎么可能退休——我发现这对我而言永远都不可能。
>
> 我的思维、我的心永远和你在一起，有什么需要的，请告诉我。
>
> 爱你，爸爸

父亲明显恢复正常，这让我迷惑不解，就像最初他精神分裂症发作时一样。我从每一封信中搜寻他之前的症状，却什么也没发现，这让我很意外。虽然我不记得自己是不是有意识地下过这个决定，总之对我来说，只要能够保持现在这样，没有任何症状，我可以和他保持联系。考虑到还没有治愈精神分裂症的方法，如今的治疗方法又鲜有成效，这显然要求太高了。我的犹豫和谨慎，让我没有去持续地回复他的来信，也没有更多地去鼓励他，去重新找回我们曾有的关系。

我从父亲在新罕布什尔莱巴嫩的个案经理那里了解到自己对父亲的影响。1996 年冬天，我在约翰·英格兰德的办公室和他见面，这里正是十年前父亲接受咨询的地方。英格兰德是一个谈吐温和的人，皮肤有点苍白，头发也白了。几乎和他的每一次会谈，父亲都会诉说因为很少收到我的来信而产生的沮丧。当他说到我的时候，经常在办公室踱来踱去，他的声音会突然中断，眼泪从眼眶掉下来。他继续给我写信，也尽量不逼迫我给他回信。英格兰德这样总结我在父亲生命当中的重要性，"他和你的关系是他生命中可以让他感到希望和有联系的地方。我感觉要是你不再和他保持联系，那简直就是剪断他生命最后的一根救命稻草。"我请英格兰德把他说过的话再重复一遍，不是我没听到，也不是没有理解清楚，而是想把这些词深深印在我的脑海，这样等我坐在曼哈顿的公寓里，重新回顾这次见面的过程的时候，我就无法回避它们。直到听到这番话之后，我才懂得，在离婚之后，父亲是多么孤独，以及我在他孤独的心里是多么重要。

查尔斯想要回到过去的决心包括他努力寻找一份教职。英格兰德这样回忆道："他找工作的决心和理性不亚于是英雄式的。我不知道怎么解释这些，只能说他的确是一个智力超群的人，而且我觉得这超过了精神失常施加给他的影响的限制。"尽管在每周的会谈当中，查尔斯仍在证明着他宏大的幻想和偏执，但在他用一台二手打印机写给大学成打的问询的信件中，却保持着适当的语气和内容。在他获得有条件的释放之后，凭借记忆而重新制作的简历，丝毫没有浮夸之处，忠实地记录着他的学术成就和发表论著。他还把现在正在做的关于分析空间的研究也加了进去，连同他早期关于情境性逻辑的一些专著，但却没有列出他在妄想之中写下的时事通讯和思维控制理论。查尔斯的文凭加上他的表达方式给人的印象非常好，他得到了一些地区大学的面试机会。

1985 年 12 月，在他获得有条件的释放之后的两个月，查尔斯就在他找工作的路上有了重大突破。他被莱巴嫩大学聘用，从 1986 年 3 月开始，他就可以在大学里教授一门社会学的入门课程"社会学理论和实践"。虽然收入不高，但这是查尔斯获得的第一次机会，开始让他弥补最近的事件所造成的简历上的空白，如果他想最终重回学术界，成为全职教师的话，这将成为被人所病诟的地方。接下来的几个月，查尔斯花了很多时间为课程做准备，重新得到教书的机会让查尔斯兴奋不已，每次和英格兰德见面，他的新课程都是最常谈论的话题。查尔斯解释着那些他准备强调的主题。他甚至对着英格兰德试讲。在他少有的坦诚的瞬间，他甚至回忆起他在威廉玛丽学院上的第一堂社会学课程，还希望能像他之前的教授曾在课上鼓舞他一样，鼓舞一些他的学生。

课程开始两天之前，查尔斯接到莱巴嫩大学打来的电话，通知他，由于入学人数太少，课程被取消了。就在那天上午，他去见英格兰德时，他承认在来的路上，自己差一点就要垮掉了。查尔斯的失望迅速刺激了他的妄想系统。在下一次的面谈中，他的焦虑、敌意和偏执都一下子激增出来。英格兰德开始收到社区对他的投诉。达特茅斯大学投诉他入侵，因为他指控一名图书管理员监视他，之后，他们也不再允许他进入图书馆。他的邻居们联名写信给他的房东太太，罗列了他的一系列奇怪的行为：撕开他们的信件，半夜三更在房里大喊大叫，威胁别人，并说一些淫言秽语，他甚至被发现透过窗户偷窥。房东太太也把这封举报信转给了英格兰德。

查尔斯第一次想要摆脱他被贴上的精神分裂症的标签的尝试就这样短命地结束了。1986 年 4 月 3 日，他因为一次紧急评估再次住进了新罕布什尔医院。在入院处，他承认自己已经三个月没有服药了。鉴于他无法意识到自己患了精神疾病，他的违规被作为是药物副作用的结果。作为一种主要的镇静剂，氟哌啶醇短期的副作用包括疲倦、不安、口干、视线模糊。而长期的副作用则包括体重增加、性欲下降以及性功能紊乱，这些都对情绪和生活质量有非常深的影响。更为严重的副作用则可能导致锥体外束的症候——无法控制的颤抖和肌肉僵硬——以及迟缓型运动障碍症，这常见为不自觉的扭动，经常会影响到嘴巴、嘴唇、舌头和手足。在接受早期抗精神病治疗的药物，比如氟哌啶醇的病人当中，迟缓型运动障碍症的发病率占到百分之十五到二十。这些症状会导致在他们在社会交往当中不合群。

查尔斯告诉他的治疗团队，他之所以没能找到一份全职工作，是因为他在面试中表现出椎体外束症候的缘故。这种猜想是完全可能的。州立医院的工作人员在这段时期的病例记录中有这样的描述："当他坐在他最喜欢的椅子上，而他的肘部放在椅子的扶手上时，他的前臂和手经常会有剧烈的抽筋，并伴随手腕的扭动。为了控制颤动，他会紧握扶手或是他的膝盖，有时太用力，他的关节都发白了。"尽管查尔斯从来没有说过，但英格兰德感觉查尔斯将药物治疗的副作用视作迫害的一种新方式——不仅提醒他已经被贴上了偏执型精神分裂症的标签，还算计好了不让他找到新工作，两者都让他深陷痛苦之中。

经过他法定监护人的同意，查尔斯开始接受他的新处方：苯甲托品，一种可以减缓椎体外束症候的药物，同时，为了在他被释放后更好的监控他吃药，他需要每个月注射一次氟哌啶醇，来代替每天服药。他的情形很快就好转了，而且可以准备出院了。尽管药物治疗可以减少复发的强度和频率，但并不能根治。因此，新罕布什尔医院的工作人员对查尔斯的未来并不乐观，他出院前的最后一次病历记录表明他们的期望其实非常有限。"尽管查尔斯的妄想的想法可能永远都会在那里，无法根除，他现在的行为举止和他上次获得有条件的释放之前的情况非常类似，至少有几个月，他应该会没事的。"1986 年 5 月 1 日，查尔斯又一次被从新罕布什尔医院释放了。而工作人员明显预料到他还会回到这里。这种在医院进进出出的情形，是去机构化政策推行的结果，在精神康复社区被称作"旋转门"。

1986 年 10 月，父亲写下了那些我选择在他葬礼读的句子："无论身处怎样的逆境，永远都没有任何理由放弃。"他为期六个月的第二次住院并没有阻止他努力找工作的决心，也没打消他要摆脱贴在自己身上"精神病人"的标签。那个月初，他的治疗团队在他的鼓励之下，把他最近完成的关于分析空间的文章拿到附近的大学做评估。他的病历记录里保存了当时的评估结果。"拉胥梅耶先生的成果到底是智慧的结晶还是精神病的空想，这个问题总是被周而复始地提出。但最近，他的很多作品都被一些地方大学的社会学教授认为是合理的。"在父亲给我写信的时候，这些听着还可以的评论一定被牢刻在他的脑海中。他所希望的，这些积极的反馈可能会让他得到教职，虽然，这个希望最终落空了。当他和曾评论过他的作品的教授见面时，他都没能说服他们去推荐他做一名接待员或是档案管理员，更别提教授的职位了。

查尔斯和英格兰德谈到这场面试，他似乎对自己的思维缺乏明晰很沮丧。英格兰德猜查尔斯担心见面的时候，他偶尔会表现出的迷惑太明显了。"查尔斯非常聪明，善于言谈，能够迅速回应，做出联想，但在那个时期，我想他觉得自己没能像以前那样，在交谈中能言善辩了。而我看到的，他依旧保持着他的记忆和词汇，而

精神分裂症患者

精神失常似乎影响到了他对自己思维的组织。而到了他意识到自己确实存在认知上的困难的时候，他本应将其归咎于精神分裂症，但他却认为这些都是他的药物治疗和他的迫害者们所为。"

查尔斯继续申请教职，并展开自己的独立研究，但复发的压力和失望之情再一次向他敲响警钟。每周和英格兰德会谈，他开始越来越多地谈到思维控制，并变得非常容易激动、偏执。到 1987 年 4 月，查尔斯指控英格兰德也参与了阴谋，并拒绝会谈。在接连几次尝试电话联系查尔斯都失败之后，英格兰德找到查尔斯家里，但查尔斯拒绝应门。而在接下来一周，英格兰德又去看望查尔斯的时候，他只将门留出一条缝隙，不肯将防盗链条取下来。就在英格兰德想从门缝挤进去的时候，查尔斯突然用肩膀砰地一声把门关上了，差一点就把英格兰德的胳膊夹住了。十年之后，当英格兰德回忆起他们最后一次见面的情形，脸上仍流露着失望和沮丧。"我想抵达他那里，不管他是谁——处在他核心的那个人——却无法做到。他的精神失常站在我们中间，我对查尔斯很尊敬。我觉得他是一个英雄式的人物。他在和疾病打一场注定要输的战斗，带着自己非同寻常的高贵和尊严。"

第二天，查尔斯被警察带回到新罕布什尔医院。一个月之后，他就又出院了。希望能更好地找到工作，他搬到了州内最大的城市，曼彻斯特。他的病历也被转到曼彻斯特精神康复中心，一个新的治疗团队将负责他。虽然还没有找到工作，但他仍旧坚持每天向外发送问询工作的信件。

那年十二月，我已经十八岁了。我是一名大学新生，感到迷茫而痛苦，努力适应着宿舍生活的社交风云。在父母离婚之后，第二次，我没有收到父亲给我的生日礼物。（第一次是他长达十六个月的住院期间。）我哭了，心想他一定是把我的生日给忘了，转而开始回忆起这几年来他曾送给我的每一件礼物，突然对这些东西充满感激：一整套木制的桌子组合、一本艺术百科全书、一只装饰着秃顶的老鹰的台灯、一只铁铸的大壶、一组绘图笔、一本辨识动物踪迹的野外指南、一本关于神话中的怪兽的书。整个晚上，我都坐在那里，不停地写着一封长信，并不断重写，这是这一年来我第一次给他写信，我想告诉他我的大学生活，告诉他我多么想他。我还给他寄了一本手工做的诗歌小册子，里边收集了我在高中时所写的诗，还包括一首失败之作，是关于一个流浪汉的，叫做《104 大道的坏女人和百老汇》。

第二天我就收到了邮箱中父亲寄来的礼物——一本他最喜欢的书《尤金·奥尼尔戏剧选》。他根本就没忘记我的生日。接下来的一周，我收到父亲的回信，那是一封怀旧的信，里面写满了父亲对自己十八岁时光的回忆——威廉玛丽学院、对女人和社会学的发现——更别提对文学批评的接触。"你的诗——我觉得唯一不够恰当的是写到蜜蜂的那一行。它让你所表达的东西变得琐碎了！"他还说了一些父亲式的担忧，"你信中的几件事让我有点困扰，'没有太多朋友。'我知道这听起来像是陈词滥调，但从困难的经历中你必须学会让每个人如其所是，而不是你所希望他们的样子。这些年来，我最大的一个问题就是，在我们都面临同样的顾虑时，我对别人太过苛刻。'环境让你觉得不舒服。'我不是很清楚你具体指什么，但我在你这个年龄的时候，也有过同样的问题。它会过去的！"

这成了我们仅有的一年的通信的开端。1988 年，我十八岁，父亲四十五岁，那段时间成了我们最亲密的时期，我们重新发现了八年前曾丢失的东西。我很喜欢他的来信，自从父母离婚后，我第一次开始规律地回信给他。但我还在不停地从他的信里寻找他依然患病的迹象。但确实没有了。来来回回的信件就仿佛我们正在谈恋爱一样，两个人都热切地想要为我们曾有的关系里注入些更有意义的东西。我们的话题集中在最好的那几年，尽量避免能够让我们任何一个人退缩的话题。

父亲写道："已经有很长时间了，但尽管我们分开这么久，却丝毫没有减弱我对你的爱。如果有什么区别的话，就是我在过去曾经历了太多。对我而言，你还是那个十一岁的小男孩。但你现在已经是大人了。在我们分开的时候，就像是有人突然用力，把我的心拉出来一般。我经常回忆起我们在一起的时光，骑车，钓鱼，带乔吉出去，那些电影，以及出去吃晚饭等等。而过去的八年让我很惭愧。但那已经够了。要是我们保持通信，我们就起码能重新拾起这些父子之间的事情。"而我写道："我还记得我们一起看怪兽电影，带乔吉出去，抓螃蟹、钓鱼的经历，在车库里和你一起做引体向上，制订计划，寻找新发现。我必须承认，很多记忆不是很连贯，但我的感觉却不会：你对我而言非常重要。而要是你一切都好，我们保持通信，这对我也很重要。"

一年后，在 1988 年的秋天，我和父亲还在很规律地通着信。他不时地向我更新一些他找工作的近况和他在分析空间方面的研究。我则告诉他我上课和约会的经历。我们分享着两个人共有的对心理学和哲学的兴趣——这也是我准备要选的专业——甚至彼此推荐阅读书目：父亲向我推荐那些我甚至从没听过名字的经典；而我则向他推荐一些新作者，因为他离开学术界太久了，很多人都不是太熟悉。

接着，在 1989 年 1 月，父亲打电话给我，说他要来纽约出席他的表兄乔尔的婚礼，问我愿不愿意见他。我告诉他我要想一下。时隔这么久，重新见面的想法让我害怕，远远超过应有的正常反应。要是父亲还把我当做当年那个十一岁的小男孩，如果我心目中父亲仍旧是那个在佩勒姆的电话答录机留下淫言秽语和威胁留言的疯了的父亲。这些回忆占据着我的头脑，我坐下来，给父亲写了回信，第一次直接问他关于他的病情诊断。提出这个话题，我只是想在我们重新见面之前把所有的事情都弄清楚。而事实上，我所做的只是在问他一个可怕而幼稚的问题：你依然处在疯癫之中吗？

父亲回了我一封细节详尽的长信，从他透过妄想所看到的角度，讲述了在过去十年中发生在他身上的一切——包括他在新罕布什尔医院住院的历史。"我将写下的事情千真万确。我没有告诉过其他任何人，除了我第一次在医院曾承认过，那一次（也因为我拒绝'治疗'）我被监禁了十六个月……"后面是长达八页的记事年表，记录了阴谋的各个不同阶段。不管是信的开头还是结尾，父亲都拒绝承认他有精神疾病，还责备我指责他有病——即便在十年之后的今天，也能看出这些词多么深地刺痛了他：

> 亲爱的纳撒尼尔，
>
> 　　刚收到你的信。即便我真的患有偏执型精神分裂症，虽然事实上我并没有，你的恻隐之心何在？这样的情况是由于药物 / 社会原因造成的，并不是人可以控制得了的，而不去责备受害的人是一种责任……

……无论如何，我不可能充满妄想、幻听或者诸如此类的事情。而且哪怕这些真的只存在于我的想象当中，事实上是没有，你对自己的父亲的背离也绝对是非常恶劣的。我不应该说这些——曾有人警告过我不要这样做——但你听起来像是一个傲慢的小混蛋，你需要让自己的内心温暖起来。

爱你，父亲

第一次读到这些的时候，我十九岁——年少无知的十九岁。我知道父亲在写这封信的时候被痛苦煎熬着——有些部分，墨迹已经被泪水晕开了——但比起写这些东西时他所处的环境，我对文字本身更较真。他说对了，我是一个傲慢的小混蛋。我回了一封简短的信，在里边声明要和他断绝所有的联系，并解释说："我无法生活在你的世界里，你也不能生活在我的世界。"那时候我并不知道，父亲否认自己患有精神分裂症，恰恰是精神失常本身的一种特征。我也不知道，我对他诊断问题的提出，把我自己也划入了他的迫害者的行列，而他深信，这些人会用他们所有的力量去让他相信，他疯了。我的提问提醒了这样的事实：父亲 1983 年曾在电话答录机里留下的信息所说的，他发行那些时事通讯的根本目标，他并没能实现。"为了我的儿子，我会亲自动手，所以你们别想着蒙混过关，或是篡改历史。"

现在，当我回过头再去想当年切断和父亲联系的决定时，约翰·英格兰德用来评价我在父亲生命中的重要角色的话开始在耳边萦绕。"他和你的关系是他生命中可以让他感到希望，和有联系的地方。我感觉要是你不再和他保持联系，那简直就是剪断他生命最后的一根救命稻草。"我丝毫没有考虑自己的行为对父亲随之而来的影响，我擅自切断了那根线，也从没回头去想过，直到一切都太迟了。我本应该意识到，不考虑父亲妄想的内容，他和每个人一样，需要维持社会交往。我应该问问我自己，如果连他的儿子都不能指望，他还能指望谁？而在这方面，父亲则继续写信给我，却只偶尔提及一下他的近况，也很少说希望我们还可以在我们本来在的位置重新开始。他拒绝放弃我们的关系，尽管我转身离他而去，尽管他正遭受着痛苦。

离开英格兰之后，我直接开车到了曼彻斯特，去见父亲在曼彻斯特精神康复中心的治疗团队。在父亲第三次从新罕布什尔医院出院到 1989 年 1 月，他被从一个个案经理转到下一个个案经理的手中。工作被低估，酬劳也很微薄，个案经理常常很快就不再热衷于此，去改做别的工作了。在我和父亲断绝联系的那段时间，他被转交到戴安娜·迪斯塔索的手上，一位娇小但很顽强并直接的人，她告诉我这样的情况对她而言，和对我一样熟悉，这让我很快放松下来；这并不是第一次家属在接到死亡通知之后找她来了解他们的亲属患精神疾病的情况。她告诉我关于父亲的一些事，这让我更加希望，如果可能的话，我当时并没有断绝和他之间的联系。

1989 年 11 月，查尔斯消失了，接连两次会谈他都没有露面。迪斯塔索开始担心起来，并亲自去他家里了解情况。她发现查尔斯的邮箱已经塞满了从大学寄来的信件。她担心他一声不响就搬走了，打电话给克利福德，却得知，查尔斯在十月底曾打过电话给克利福德，说:"我要去海军部队给船员授课了,教社会学。"迪斯塔索以为这太不可能了,一定又是他自己妄想出来的,不知道什么原因,查尔斯可能离开了曼彻斯特,甚至新罕布什尔,或者为改善自己常年面临威胁的境地,他又回加拿大去了。

实际上,查尔斯告诉他表兄的是事实。一个月前,查尔斯一直以来勤勉地寻找着一份教职的努力终于有了切实的成果。十年来第一份、也是唯一一份教职把他从新罕布什尔带到几千公里以外的地方。从 1989 年 11 月 27 日开始,直到 1990 年 1 月 12 日,查尔斯负责教授导弹护卫舰辛普森号上全体船员两门哲学课程和两门社会学课程,在沙漠风暴中,这艘护卫舰在波斯湾为美国以及中立国船只护航。该职位是由位于德克萨斯州基林的德克萨斯中央大学提供的,它们和美国海军有合作。能得到这个职位,显然是查尔斯在过去十年中努力寻求一份教职所取得的巨大进步。

查尔斯凭借他大学以及研究生阶段的成绩单,再加上他在 20 世纪 70 年代的教学经历,让他获得了这份工作。他在纸上重新复活了他的研究机构,人类行为的分析、评估与设计,将其描述成一个拥有国际委托人的出版和咨询公司,这填补了他简历里十年的空缺。他是该研究机构的主管,年薪三万美金,前一年他把机构卖掉了,所以现在他想要重新找工作。查尔斯收到政府的安全调查许可,于 1989 年 11 月 25 日飞往波斯湾。他的收入,每门课 810 美元,加起来一共有 3240 美元,意味着这一年他的收入增加了百分之三十三。

一月底查尔斯返回曼彻斯特,他打电话给迪斯塔索,把自己之前的行踪告诉了她。迪斯塔索打电话给美国海军,希望并没有查尔斯·拉胥梅耶在辛普森号上授课的记录。但让她惊讶的是，查尔斯确实去了那里，同时教四门课，而且根据大家的反馈，他教得非常好。自从他精神失常发作之后，这是他第一次授课，但由此而来的紧张显然并没有影响到他的表现；而且，他从十月份开始停止了服用药物，情形也没有恶化。这么重要的一点当然没有被查尔斯漏掉。迪斯塔索在他的病历记录里写道，"这次行程让查尔斯感觉到，他证明了自己在职业和社交方面的能力，现在他想继续努力寻找工作、赚钱。"凭着他这一阶段的成就，他成功申请到了尝试减小他的氟哌啶醇的剂量。治疗团队的目的本是想找到一个足够低的剂量来将副作用降到最低，但其实副作用还是很明显，而减少后的剂量却有点太低，足以引起复发。

1989 年是查尔斯被诊断为偏执型精神分裂症之后最好的一年，不仅是在他的专业的成就方面，这一年，也是他的头脑最清晰的一年。正是在这一段他相对稳定的时期，他第一次、也是最后一次表达过，在一定程度上，他意识到了自己的精神失常。他的病历记录显示，尽管他还是拒绝接受对他偏执精神分裂症的诊断，也不认可药物治疗的效果，他确实承认他自己存在着认知的困难。"查尔斯觉得，如何从非现实中区分现实，他想在这个问题上得到一些建议。他说他对思维从理性转变为非理性很感兴趣，并且想要找到转变过程中决定性的那个点。他还报告说，通过将妄想看做信仰，他获得了一种看待自我和疾病的新观点。但什么时候发展出的这种观点，他没有详细加以说明。"在东方州立医院做看护二十五年之后，又一次，查尔斯似乎想要"发展一种针对精神疾病的新看法"。只是这一次，他既是研究者，同时也是实验对象，但更重要的是，他的整个未来——正处在危险之中。

查尔斯的说明回避了一个问题，通过将他的妄想看做信仰，他能得到什么样的新观点？通过观察，一种很可能的答案是：一个身患偏执型精神分裂症的人很少相信他所妄想出来的东西是妄想，也可以把这种妄想定义为：**虚假**的信仰。这个人透过他精神失常世界的棱镜所经历到的一切，都告诉他，自己的信仰是完全真实的。如果有人尝试着去证明那是虚假的，这个人自然地会遭遇到和自己的经验完全相反的东西，出于本能的反应，他会尽可能地把其他人的尝试消除，情况好的话，把它们忽视掉，而糟糕的情况，他会把这一切当成谎言和阴谋。（毕竟，他怎么能够想得通，这些对自己显而易见的事，为什么其他人不能够理解？）在这个过程中，他的妄想系统会变得更加稳固。可是，如果可以鼓励精神分裂症患者将他们的妄想当做是一种**信仰**，而不去涉及是真实的还是虚假的，对患者来说会容易很多，这样他们只需要接受其他人可以有相反的信仰这一事实，而不需要把它看做一场协同的阴谋。随着时间过去，他甚至有可能比较轻松地抛弃自己的信仰，而去相信那些可以让自己获得更多的社会认可的东西。

重新将妄想定义为一种信仰，为了在精神失常的人身上维持有利的效果，应该对他们存有一种宽容的态度，所有和这些患者保持联系的人都应该持有这样的一种态度。应该教育公众，在对待和精神分裂症相关的概念和行为上的失常行为，应该更加宽容，就像是我们小的时候被教育要尊重不同的宗教信仰和实践。而我断绝和父亲的联系，就是这种不宽容的直接体现。争辩我们的世界观不尽相同，因此，我和他没什么关系，这种逻辑只是我的偏见的伪装；没有人不是每天花大部分的时间和周围的人一起，而这些人的信仰，有多少是和自己的一模一样呢？对精神分裂症患者，并不是强迫他们经历像一个局外人那样被不断地边缘化，而是对他们的信仰系统表现出巨大的宽容，这能极大地减小他们所承受的压力，在他们挣扎着想搞清楚**他们的**世界的意义之时，让他们能够更容易地生活在**我们的**世界。

查尔斯继续努力让自己的生活回到原来的样子，而且关于他异常的想法，他正在形成一种新的观点，极有可能当他可以与外面的世界和平共处之时，他却发现自己的时间可能所剩不多了。他1991年的病例记录记载，"拉胥梅耶先生最近做了一次全面检查，发现了轻微心脏病发作的迹象，尽管他自己也没有意识到。"十年来，为了治疗精神失常，持续不断想要使他屈服的压力，毫无疑问直接导致了他身体上的恶化。而精神分裂症患者不健康的生活方式也可能在一定程度上加剧了这一恶化。

比如，在精神分裂症患者当中，抽烟非常普遍。查尔斯也不例外。据迪斯塔索说，查尔斯比她其他的客户抽得都要厉害，多到他的双手都永久地留有尼古丁黄色的痕迹。有高达百分之七十五到九十的精神分裂症患者抽烟，这个数字远远超过全国平均值的三倍。有证据显示，吸烟能够减轻精神分裂症的一些症状，或者也算是一种自我药物治疗。（但也有研究证明，尼古丁会干扰抗精神病药物治疗的效果。）一旦对尼古丁上瘾，精神分裂症患者的烟瘾要比正常人群更难戒掉，因为尼古丁缺乏会导致精神病症状的暂时性的恶化。因此，他们存在更高的风险，患上和抽烟相关的疾病，比如心脏病、肺癌、肺气肿。

1991 年圣诞节，或许是因为身体恶化的原因，父亲写了一封信给我，重新提起我切断与他所有联系的决定，他提出了下面的主张："可以证明，在自身永久存在的前提下，绝对排斥他人的决定，会产生不理解，降低认知，这是一个永远的矛盾，而你在其中排斥着自身。"父亲想找一个机会重建我们的关系，他是如此想做到这一点，甚至尝试用分析空间去证明他的逻辑可能性。在父亲去世后重读这封信，我知道他是对的：除了逻辑上的可能性，我对他的排斥**曾**导致了自我的排斥。首先，因为它限定了我是我父亲儿子的身份认同结构；其次，因为伴随而来的羞耻心让我无法将自己定义为任何东西。

随着身体恶化，查尔斯开始出现不自觉扭动增加的迹象，这正是迟发性运动障碍症的特征。在几次减少剂量的药物治疗试验之后，1992 年春天，他的治疗团队意识到，剂量减少的太多了。他的妄想又开始盘踞在他生活的中心。查尔斯一封接一封地给他的治疗团队写信，谴责他们在思维控制的戏剧性加剧过程中的参与。在一系列写给他的法定监护人的信中，第一封，他就抗议这种监护关系。查尔斯记录了这一切发生的具体日期，"正如你知道的，1992 年 1 月 15 日到现在，迫害我的人再度出现了，这次他们主要通过一些车辆来骚扰我，这其中也包括曼彻斯特的警察。"他在一封写给迪斯塔索的信中宣布他将开始拒绝出席他们每周的会谈，或是接受任何药物，他也不承认之前所说的关于他也怀疑自己神志不清的话。"我过去所有关于我的精神稳定状况的表述，都是在被迫的情况下说的。"可以推断出，和其他的东西混杂在一起，他所获得的将妄想看作是一种信仰的新观点仍旧在他的意识当中。

查尔斯再一次对自己是被迫害的事深信不疑，他又开始全力维护自己的神志，而他所面对的，是他的迫害者们联合起来，给他贴上疯癫的标签。他放弃了去发展一种对精神疾病的新的观点。他也不再继续他关于分析空间的独立研究了。从 1983 年之后，第一次，他开始将全部精力都投入到反抗思维控制上。他把自己仅有的一点钱花在大量投递信件上，试图向全世界揭露这个不公正的实验，而他自己正是实验对象。因为之前的资料全都没有了，他的邮件里也不再有那些独立撰写、自己发行的时事通讯，这一次，他的邮件是一个订好的复印件包裹，内容是他写给每一位同谋者的信。

我在 1992 年曾收到过一个这样的包裹，但我没有读完里面所有的信。第一次完整读完这些信件，是我和戴安娜·迪斯塔索见面之后，在曼彻斯特精神康复中心搜集父亲的资料时，又一次见到了它们。让我震惊的是，在写给美国总统和《纽约时报》的编辑之间的那一封，竟然是写给我的，而我在 1992 年并没有留意到它。信的开头，很明显，在父亲的意识当中，我最终也加入了共谋者的行列。在他并不知道自己患病的情况下，他要如何解释我坚决拒绝重新和他建立联系？"纳撒尼尔，你现在终于知道并能理解，我之前写信告诉你的一切，关于我十一年所遭受的可怕折磨都是真的。你可以从附件里看到，我的工作，每个月都在变得更强大。或许我的好朋友，你可以接受这些挑战，顺便锻炼一下自己的手艺。"

信的正文里，以及父亲的包裹里其他的信件，都延续着他对思维控制的分析，列举了他的迫害者们利用他思维以及他的过去所特有的信息，来尽可能让他相信自己疯了。第一次，也是最后一次，他写到了他的母亲在迫害者的策略当中的地位，他明确地描述了他们尝试让他相信，他和她是一样的。"我母亲的倾向于'压抑'然后集中爆发出来的性格，很多年来都被公开地贴上'偏执狂'的标签。'你妈快死了'是公开的口号，他们借此系统地让我摆脱她曾控制的'恶魔'。最近三个月，他们甚至在我的脑袋里植入了一个可以模拟她声音的装置——这是一系列转化科技中最先进的。"

最终，在曼彻斯特精神康复中心一大堆被遗忘的文件里，我找到了自己在第一次去柏林顿时问自己的问题的答案：当无家可归的父亲置身于柏林顿街头，为什么他在他的母亲去世二十多年后听到了她的声音？从父亲的角度，这是因为他的迫害者们为了最终打败他，让他接受精神分裂症的诊断，将他母亲的声音植入了他的脑袋里。1993年，在柏林顿的灵格斯餐馆，他并不是被她母亲的鬼魂所缠绕，而是被已经跟随他十多年的思维控制的阴谋所缠绕。

单独来看父亲的妄想系统，可以说，他能特别地听到母亲的声音并不出乎意料，也并不是偶然发生。毕竟，她处在影响他的生活的核心。但在他的妄想系统中，她却并不一定享有如此重要的位置。对自己并没有精神疾病深信不疑，父亲的妄想系统让他被诊断为精神分裂症的事实显得尤为讽刺，而早在二十年前，他就曾预测过，因为母亲的养育方式，他自己很有可能会发展成一名精神病患者。

鉴于查尔斯的反应，再加上几次尝试劝他回精神康复中心都失败了，他的治疗团队在 1992 年 12 月 22 日撤销了对他的有条件的释放，将他重新送回新罕布什尔医院。他们在一位警察的陪同下到达了他的公寓，却发现他已经预料到这样的决定，并在月初就搬走了，也没有留下新的联系地址。查尔斯不打算第四次再回到州立医院去了。在新罕布什尔住了十年之后，查尔斯将新罕布什尔铭刻在每一块牌照上的座右铭牢记于心——自由生活或者死去。

处在饥饿边缘的小偷

Part

———

Three

———

我问查尔斯他是不是觉得自己

有精神问题，他说他确实有，

他的精神问题是

"对生命和人类的热爱"。

——摘自沃尔蒙特州立医院对父亲进
行的精神状况评估，1994 年 2 月

新罕布什尔医院

8　陌生人
||||||||||||||||||||||

　　1997 年 1 月，我返回沃尔蒙特柏林顿，指尖又一次触摸着父亲和我在我们快乐的时光里拍下的照片。在寒冷而阴郁的冬天，站在教堂街上，我记起在我第一次造访柏林顿之后，曾有过的一些冲动想法之中的一个：我曾认真考虑过，蓄起胡子，混迹于那些流浪汉当中，感受他们的生活。曾经一度，那可能是了解父亲在流落街头时期的生活的最好方式，直到我逐渐明白，这样的行为，会让我在调查过程中和我受虐的心态掺杂在一起。走在朝向教堂街尽头的白色尖顶教堂的路上，想起被我终止的计划，我觉得很尴尬。为了让自己从这样的情绪中摆脱出来，我坐在长椅上，就是我一年前坐过的那一个，看着灵格斯餐馆，想着是不是能看到父亲的后继者，喝着啤酒，吃着鸡蛋，看着观察着他的我。我能看到顾客的轮廓——独自坐着的人、情侣或是一家人——但都不像是无家可归者。

　　我以自己的身份回到柏林顿——一个想要了解自己父亲生活轨迹的儿子。我来这儿，就是想和周围的人们谈谈，他们曾使父亲最终转变成一个局外人——流浪汉的目击者。我甚至感觉到，四年前，父亲穿着他流浪汉的衣服，就可能坐在这条长椅上，看着人们经过，而其中的一些，如今又出现在这里，在我的眼前经过。我开始透过他的眼睛来看柏林顿。市集广场是殖民地时期威廉姆斯堡在沃尔蒙特的移植：一个扩张了的舞台，把建筑物摆放上去，看着像现代的20世纪晚期的城市，就是在这里，演员们精心设计着他们的表演和对白，评价和控制着父亲个人的意识。这样的反讽让我感到痛惜，他的精神失常，让他几近与世人隔绝，但这反而更让他觉得自己是这项社会实验的中心人物，周围有成百上千的人卷入其中。实验本身并非自愿，迫害他的人也不愿意透露他们的存在，这些确实深深折磨着父亲，而他自己的看法中，却依然存在着一丝希望：所有的一切突然戏剧般逆转的可能性也并不是没有，**如果**他可以说服他的迫害者们，终止实验，并把他送回到人生的前一站。

一整天，我都在市集广场，拿着父亲的照片，到处给店主和员工们看，询问他们是不是还记得这个人，虽然我也知道他和照片里的样子基本没有太多相同之处。答案几乎都是一样的。"也许吧。他看上起来很眼熟，但我确实不清楚。"在柏林顿有很多无家可归的流浪汉，除了觉得他们很脏、散发着臭味，很多行为都很怪异，几乎没人知道他们的名字，更不清楚任何关于他们的事。他们是被讨厌的人，破坏着市集广场。我无法憎恨他们的观点。父亲的行为，即使在他状况比较好的时期，连我都那么困惑，甚至害怕，继而转身离去，远离他，远离他所遭受的一切，我又如何能去责备其他人，仅仅因为他们和我一样？他们身处的环境，从来就没有促使他们去试着理解精神分裂症患者，或是去想一想，这些无家可归的人，也许他们也有着一个不一样的过去。

那天晚上，我走到教堂街187号的韦伊站，那里是一个为无家可归者提供庇护的紧急收容所，大约有四十个床铺，就在市集广场往南几个街区的地方。我到的时候，离开门还有几分钟，我就和柏林顿的流浪汉们一起排队等候着。我给几个人看了照片，但得到的答案和之前遇到的那些比他们更幸运的人没什么两样。我对父亲的描述倒是让他们记起几年前在这个收容所呆过的一个人，但流浪汉们总是来来去去，所以也无从确定。他们对此也并没什么好说的。队伍越排越长，几乎从前门排到了路边，我明显地感觉到，在这个饱受痛苦和不幸的队列中，我是唯一错误的一环。在等待的时候，我把父亲如何变得无家可归的经历又在脑海里回顾了一遍，这些是我在曼彻斯特精神康复中心的文件里看到的。

1992年10月，到达柏林顿之后，查尔斯在一处公共的公寓租了一小间廉价的房间，每个月房租为325美元。他想尽办法不让他的治疗团队发现他。他也没告诉在曼彻斯顿的任何人他的新联系方式，他甚至没有给邮局留下信件的投递地址，这意味着他甚至牺牲了从大学收到他求职信件回复的消息。他和曼彻斯顿唯一的联系就只剩下当地的社会保障署，他不得不把地址留给他们，这样他们才能把每个月604美元的津贴转交给他。他还成功地获得了他的另一项收入来源，他之前在亨利学院的教学生涯，带给他每个月223美金的退休金，每个月会直接汇到柏林顿霍华德银行他所开的个人账户中。

查尔斯低估了他的治疗团队找到他的决心。在打电话给社会保障署之后，他们发现查尔斯已经搬到了柏林顿，他的法定监护人采取了预料之外的极端措施，他向社会保障署申请了对查尔斯津贴的"代领权"，这一申请被接受了。这意味着，他的社会保障金，也就是他收入的百分之六十三，将被送到公共监护人办公室，他们以他的名义掌控着这笔钱。正如法院曾定义过的，查尔斯的监护关系，不包括他财务上的约束。而在越过查尔斯获得代领资格这一点上，他的监护人没有通过任何法庭的系统，明显越过了监护关系。他的目的，是想利用代领的权力约束查尔斯重新回到曼彻斯特，查尔斯之前的治疗团队在那里的精神康复中心，或者，他也可以同意去见一位在柏林顿的个案经理，并同意继续接受药物治疗。

如果说查尔斯低估了他的法定监护人的决心，那他的法定监护人则高估了查尔斯可以在他的精神失常所构想的妄想系统之外独立思考的能力。面对过去十一年的迫害，他从没有停止过反抗；他还没有准备好。而他的法定监护人的这一策略，在查尔斯眼里，进一步向他确认了他之前的治疗团队参与到了他努力想要逃脱的阴谋之中。很容易想象，查尔斯是如何理解他的举动的。他的迫害者们是在惩罚他，因为他成功地逃脱了他作为一名囚徒的角色。他们扣押他的社会保障津贴，就是想让他觉得，比起乖乖就范，自由并不是一个更好的选项。而查尔斯一心想要挑战的则是决不放弃，不论在实验当中逃脱的危害有多大，他将花任何代价去追寻和维护他的自由。

查尔斯知道自己需要马上收回对社会保障津贴的控制，不然就会面临被赶出的威胁。他开始向新罕布什尔州的认证法庭写信抗议，质疑他的监护关系。同时，他也寄了好几封信给他的法定监护人。在信里，他不动声色地告诉对方，他正在当地努力找工作，并请求他把自己的社会保障津贴支票寄给他。可他的法定监护人却无动于衷，拒绝将哪怕部分支票寄给他，除非他同意接受治疗。同时因为长期以来他都听到传言，除了这笔社会保障津贴，查尔斯还有其他的收入来源，这让他变得大胆。他以为这样一来，即便没有这笔社会保障津贴，查尔斯的住宿和吃饭也不会成问题，但他想错了。

在等待认证法庭裁定的同时，为了降低自己对这笔残障福利的依赖，查尔斯付出双倍的努力寻找工作。朝着这个目标，他将自己仅有的财力投入了一场巨大的冒险，他花了两百美元，把他的简历以及自己近期研究的总结发给新英格兰地区很多的公司和大学。查尔斯努力让自己能在西科克16号度过了整个冬天，到了三月初，他的法定监护人还是没有把支票寄给他，而他找工作的努力也没有任何结果。随着查尔斯在他的租金当中越陷越深，境况也更加绝望，他的外表和行为也开始变得古怪起来。他不再注意自己的卫生。邻居们抱怨，不时地，会从他的房间里传出喊叫声。他们也怀疑查尔斯偷看他们的信件，并且透过正对着街道的窗户窥视他们，这让他们很不舒服。总之，他现在的行为，和七年前在曼彻斯顿所表现出的如出一辙。最终，在1993年3月17日，身无分文而空有妄想的查尔斯，被赶出西科克16号。从他病情开始发作这么多年以来，他一直保持着的安全线就这样被越过了，查尔斯突然之间变成了流浪汉。

收容所的门在晚上七点被打开。我跟着其他人一起进去，向那里的负责人做了自我介绍，他负责把每晚住宿的情况登记在日志登记本里。负责人是个四十多岁的中年人，饱经风霜的脸上蓄着胡子，声音暗哑，长时间深处在艰难的岁月里——他自己的和其他人的，脸上总挂着苦涩的讥讽。等他登记好了晚上住宿的人员之后，我们进了他的办公室，一个狭小的房间，裸露的日光灯将房间笼罩在半明半暗的光线中。他先向我介绍了这里的机构设置。想要来韦伊站住宿的人都需要满足以下的条件：他们必须无家可归；必须尊重这里的员工和其他住宿同伴；保持自身的卫生；要对自己正在努力改变现在的状态做出声明。每个住在这里的人一年之内最多只允许在收容所呆九十天，但他们可以将韦伊站作为永久的邮寄地址，这一点一定曾给了父亲一丝模糊的希望，他还可能收到一封工作回复——他生活在街上所能看到的最后一丝希望。

查看了档案，负责人告诉我，查尔斯是在1993年3月17日的傍晚第一次出现在韦伊站的，就是他被从公寓里赶出来的同一天。在这位负责人的记忆中，查尔斯一点也不因为自己境遇的改变而变得低声下气，反而非常挑衅，并有点儿"刺头"。他的"刺头"最早表现出来，也是最明显的，是他拒绝改善自身的卫生状况。在精神分裂症患者当中，不讲卫生是很普遍的，这和他们的生活环境没有关系。这是精神分裂症典型症状的表现——极端紊乱的行为——在这一点上，他们很难做到自我控制。但摆在眼前的事实是，维持良好的卫生状况是收容所的必要条件，这是很容易被理解的，但同时也意味着，对精神分裂症患者来说，即使是在无家可归的状态下，住在收容所，也仍存在着先天的弱势。

1993年的春天和夏天，查尔斯并没有经常住在韦伊站，他的卫生状况严重威胁到了他在这里的住宿。这位负责人有一次问他，不住在韦伊站的时候他都是在哪里过夜的。查尔斯回答说"地铁站"，并解释道，他在尽可能地节约他在这里最多九十天的住宿，留给后面的日子，以备在冬天来临的时候他还是无家可归时用。他对抗的精神状态，加上无法达到这里的住宿要求，让工作人员并不看好他，他在收容所以后的日子也不会那么好过。

谈话快结束的时候，这位负责人跟我提到，或许有个今晚住在韦伊站的流浪汉还记得我父亲。进入休息区，我感到很窘迫，刺眼的灯光将这间排放着二十个上下铺的房间照亮，每个铺位旁边都整齐地刻着一个两位数字。四十个没有着装的人形态各异——褪去了披在他们身上流浪汉的装扮，他们终于成为可以辨识的个体。床铺也因为居住者的个性而稍显不同：大多数都被装饰过，很多都布满污渍，显然是从垃圾堆里捡的——脏兮兮的宠物玩具，一小堆浸过水渍的书或过期杂志，有缺口的烟灰缸，或是破损的马克杯。我向住在 22 号床铺的流浪汉做了自我介绍，他大概四十岁出头，留着胡子，长得就像是那些常年居住在沃尔蒙特森林里的人。

我们握了手，对父亲的死，他表示很惋惜，为了不影响其他人，我们决定到外面的教堂街上去说一会话。外面很冷，星空在我们的头顶闪烁。流浪汉告诉我，那天晚上的最低温度会降到华氏三度。他说有一件事他一定得让我知道。"发生在你父亲身上的是一场灾难，作为一个人，我简直无法去目睹这一切。我没办法看着他就那么走下去，我想告诉你，但我并不知道你的存在。要是我知道，我一定会投一枚硬币打电话给你的。"

流浪汉很自然地觉得，我并不知道父亲当时的窘况。我没告诉他，就在父亲流落街头五个月之前，他写了给我的最后一封信。他在信里委婉地请求经济帮助，而信里的语气，对我的帮助也并没有抱多大的希望。"眼下需要 325.00 美元。有可能的话，会增加到二十五万。正在为来自澳大利亚和沙特阿拉伯的职位和资金积极地进展着。"在克利福德那里，他也遭遇了同样的情况。"附言：克利福德投资了 300 美元，我之前的房东有 1500"，新罕布什尔的房东"投资"的 1500 美元，其实是在他离开那里的时候所欠的房租滞纳金。

而我，我没能看到父亲冷漠的语气背后掩藏着的绝望，面对他的恳求，我无动于衷。

现在，收到这封信四年之后，我站在教堂街上，从一个柏林顿的流浪汉口中打听我父亲和他的相遇。他记得很清楚。在1993年4月一个温和的日子，他坐在市政厅公园喷泉旁边的长椅上。那时候，公园里仅有的另一个人是一个个子很高、衣衫不整的陌生人，沿着倾斜的小路朝着喷泉的方向走过来。陌生人穿着一件蓝色运动夹克，不是很干净，一件白色牛津衬衫，脏兮兮的长裤，一双不错的鞋。他的头发很长，有点乱糟糟的，胡子也未经修饰。他停下了脚步，走到流浪汉的旁边，坐了下来。很明显，他想有人陪伴，公园里有六七条长椅都是空着的，要是他想一个人的话，他可以坐在任何一条椅子上面。没有介绍自己，陌生人就开始自己说话了，很快，带着怒气，大略描述着一个巨大的阴谋，牵涉到中情局、联邦调查局、电话电报公司以及空军和他的房东。"我第一次见到查尔斯的时候，他的行为很古怪，胡言乱语，但一旦你和他交谈，你就会知道这个男人受过教育，是个实实在在的人，值得交谈。然后他会进入——我不知道这是不是一种妄想——他会进入其中，但接着他会回来重新和我在一起。他觉得人们总是在监视他，想要占有他，总是想**对他做**些他不情愿的事。"

流浪汉已经无家可归很多年了，对偏执型精神分裂症的症状非常熟悉。他解释说，在他的朋友当中，很多其他在柏林顿无家可归的人也和我的父亲一样，总是说一些妄想中的话。"这些我之前都听说过。我坐在那儿，摇着头，'是的，是的。中情局，或是联邦调查局，或者是国税局，所有这些或那些。'我会按他们说的方式听着，然后自己也会想，说不定这可能都是真的。但我会对他说：'你要摆脱这些东西，你要找人寻求帮助，让他们帮你摆脱这些。'他不愿意听那些。"

流浪汉和查尔斯在 1993 年春天成为朋友，彼此带着谨慎，虽然他们的观点完全相左。一次又一次，在市政公园或者是市集广场，查尔斯会坐在他旁边，要一支烟，谈论着毁掉他的生活的阴谋。柏林顿太小了，流浪汉经常在镇里见到查尔斯，陷在他的妄想当中，自言自语。而在某些方面，查尔斯的生活并没有什么变化。他的每一天，似乎基本上仍旧取决于他对自己的规划要求，以及对于社会交往的渴望。大多数的早晨，他会走到距离教堂街仅仅一个街区的学院街，那里有弗兰彻公共图书馆，他会在那里阅读《柏林顿自由报》和《纽约时报》。尽管他的情况不再允许他继续自己的研究工作了，他还在继续写着；经常，人们看到他在一个螺纹笔记本上快速地写些什么。很可能，查尔斯在继续控诉着思维控制，这在他停止药物治疗之后就又重新开始了，不过，他从没给任何人看过他究竟写些什么。每天下午和晚上，他几乎都在市集广场的餐馆里，一杯接一杯地喝着咖啡，不停地抽烟，看着柏林顿在他的眼前周而复始。到了夜里，他坐在教堂街上的一条长椅上，四月份柏林顿的平均最低气温可以达到华氏三十四度，他忽略掉寒冷，忽略掉偶尔路过的人们，在半醒半睡中入眠。

面对流落街头的处境，再加上思维控制的妄想又一次占据了查尔斯，如今，他每天喝得比以往更多了。一位之前也曾住在韦伊站的人，曾在查尔斯还没被赶出来之前去过他的房子，他有一次告诉这个流浪汉，即便那个时候，"那里的酒瓶堆积如山，你得自己清理出一条路来进入他的房间。"这并不让流浪汉感到意外，他所认识的大部分无家可归者，不管是不是罹患精神分裂症，都会喝酒成瘾，以此从落魄的生活中麻醉自己。每个月月初，当查尔斯拿到他的退休金支票，他就会在餐馆打烊之后去当地的酒吧喝酒。但进入夏天，他的个人卫生状况每况愈下，再加上他总在那里自言自语，酒吧不再让他进去了，他只能偷偷在大街上喝酒。

整个春天和夏天，父亲成了市集广场的常客。除了和酒保们简短的交谈，或是女服务员把他当做"怪物"或是"疯子"而让他离开，他能和别人交往的唯一的机会，就是他在镇上某一条长椅上坐下，坐在某个人旁边，或者少有的几次，有人坐在他的旁边。这让他能听到别人说话的声音，能够让他暂时从那些在他的脑袋里吼叫的声音中解脱出来。

意识到和这个流浪汉的简短交谈对父亲来说是多么地重要，我问他，当父亲不停地谈论着中情局和联邦调查局的时候，他怎么能够不掉头走开。"你知道吗？有时候人们需要有人陪伴。可能我早已经走神了，或者根本没有听他说什么，但我知道他能感觉到我在那儿，这对他就够了。我也希望这能够帮到他。比如，我记得夏天的某一天，我在他旁边坐下，他告诉我，那天是他五十岁的生日。我们一起在长椅上坐了一会。我知道，在我五十岁生日的时候，我不希望独自一个人过。"流浪汉知道，饱受精神分裂症之苦的人们更需要维持正常的社会交往，而我却没能领会到这一点。

我们握了手，我望着韦伊站的门在他身后关上，我想知道，在父亲的想法里，如果有的话，他的朋友在实验里扮演着什么样的角色。我想知道他是否记起，很多年前我们在时代广场前面遇到的流浪汉，想知道他是否记起了那一天。如果答案是肯定的话，他极有可能认为是他的迫害者们把他放在自己行走的路径上，提醒他这一宿命般的交换，以及从那之后，他失去了什么。也或者，他会认为迫害者们觉得流浪汉太微不足道了，不足以指派他们做些什么。在我看来，流浪汉和父亲在三十年前曾给出的关于"无关紧要的人"的定义非常一致，他们是缅因州德克萨斯的劳工们。每当镇里有一幢建筑要立起来的时候，流浪汉们就会去当建筑工人。父亲可能会想，他的迫害者们在挖掘他在缅因州德克萨斯的经历，他们把流浪汉放置在他的必经之路上，意图提醒他，想要成为一个局外人的传奇角色是何等的危险。有一点是非常确定的：父亲偏执的关于思维控制的概念，迫使他如我所尝试的一般，不停地推测，而这样的推测意味着，即便有朋友相伴，在他自己的防御之下，最终也只能是孤单一人。

七月的柏林顿气候宜人，平均最高气温在华氏六十九度，而最低大概在四十九度，父亲仍旧能够坐在市集广场或者市政公园的长椅上，并能一次又一次地希望在那个他曾栖居的世界里，有人在他旁边坐下来，一起享受美好的天气。确实有人这样做了，我在柏林顿自由报登了广告，向任何知道我父亲的人寻求信息，而詹森·帕尔玛回复了我，若非如此，恐怕我永远都无从知晓他的存在。我们约好在他们之前曾见面的公园长椅上相会，这里离教堂街的灵格斯餐馆大概只隔着几个椅子。詹森是沃尔蒙特大学英文系的一名学生，二十六岁，他让我想起了父亲还没有去世之前的自己，自信、聪明、浪漫，热衷于文字表达，以及和别人交换想法。

1993 年 9 月的一天，查尔斯坐在教堂街的一条长椅上。他看到詹森从前面走过来，点着烟，就问他要了一支。几个星期，外加几支香烟下来，詹森在查尔斯身边坐了下来，有了他们第一次较长的交谈。"他很激动地和自己说着什么，尽管他说的话大部分都无从理解，但很明显，他受过教育，而且充满智慧。在一串关于数字和人的很长的独白之后，他说了一句让我印象很深的话。他说，'重要的事只在早上九点钟和晚上九点钟发生。'"

第二天，查尔斯朝他要香烟的时候，詹森建议他们做一个交易：一根香烟换他的解释。查尔斯回答说，"你再回来的时候，我告诉你。"他拿了烟，朝着教堂街走去。考虑到查尔斯的情况，他完全相悖的从容不迫让詹森很意外，但同时也觉得很有趣。几天后，当詹森看到坐在市集广场的长椅上的查尔斯时，他就又问了他一次。查尔斯解释说这就像是鹅卵石散落在靠近海洋的岸上；而在那里散落着多少鹅卵石，则关系到为什么重要的事情总是在早上九点钟和晚上九点钟发生在人们的身上。我完全没有弄清楚，但似乎这一切对他来说是再清楚不过的。

那次谈话之后，查尔斯和詹森之间开始发展出一种谦逊的友谊。詹森意识到查尔斯并不仅仅把自己当做一个流落街头、整天为生存而挣扎的人；很明显，他觉得自己的生命存在一种使命。他提到当有重要的事情发生，他看着周围过往的人们的方式，他偶尔会提及自己的"工作"的事实，这些都让詹森觉得，他在试图找出原因，他的人生是怎么沦落到今天的境地。

不久之后，查尔斯就开始对詹森足够信任，几乎毫无防备地将他的想法全盘托出。查尔斯告诉詹森他也曾告诉过那个流浪汉的所谓阴谋，一次又一次，他甚至指着路过的人，向他解释这个人在阴谋当中所扮演的角色。詹森从未打断或者怀疑过查尔斯妄想中的言辞，事实上，他在将查尔斯的理论付诸实施——将妄想重新定义为一种信仰。可能是意识到了这些，查尔斯越过了阴谋的界限，开始告诉詹森一些自己的经历以及背景。"他告诉我，他曾是一名教授，他说他是教社会学的。他说比起在课堂上，他在酒吧学到了更多的东西。"

这是季节交替的时候，它切断了建立在教授变成的流浪汉和学生之间的短暂联系。在柏林顿，十月的气温又下降了十度。平均最高气温在五十七度，而最低则只有华氏三十九度。十月夺走了教堂街上的行人，就如同它将树叶从树枝上剥离。在长椅上坐一到两个小时已经不再那么舒适了。随着天气越来越冷，查尔斯开始发生变化了。他的流浪汉生涯，在春天和夏天还有一些最基本的稳定可言，如今却开始溃散。能和他说话的人越来越少，几个月以来糟糕的饮食让他的体重急剧下降，并严重营养不良。他衣冠不整，加上肮脏不堪，几乎所有的餐馆都将他拒之门外，这也意味着，他需要在外面的寒冷之中度过越来越久的时间。很有可能，坐在某一条公园的长椅上，有那么几个瞬间，他突然第一次意识到，街道可能会置他于死地。

詹森和父亲最后一次交谈是在十月中旬寒冷的一天。和詹森坐在教堂街上，我可以看得出他脸上的矛盾，他不是很确定在告诉我之后我会作何反应。那一天，父亲走得比以往更快，看上去也很激动。詹森第一次感觉到有些怕他。他走向詹森，俯视着他，用一种生气的语气说："我正在写一本书。"当詹森问他这是什么意思，他解释道："我正在我的大脑里写一本书。我站在这里，但是书还是在写着。"接着父亲开始引用书中的段落。"'这些公园里的混蛋，他们偷了那个人的帽子。他们拿走他的帽子，那是他唯一的取暖之物。而他们并不需要帽子。'"詹森很明显地知道，父亲在说他自己，而这本"书"则是他的迫害者们对他的所作所为。

　　父亲坐了下来，突然改变了话题。他问詹森叫什么名字，多大了，这是他第一次问他。詹森告诉了他。接着父亲主动告诉詹森他有一个儿子。这也是詹森第一次知道我的存在。这多少让他震惊，这个整天在教堂街上度日、衣冠不整、脏兮兮的流浪汉，竟然是某个人的父亲，这对他来说简直不可思议。

　　得知在那个秋天，父亲仍记得我，这既让我高兴，又觉得很痛心。这距离他最后写信给我已经有一年之久了，那封信淹没在一个抽屉里，被遗忘了，信里，他暗示我自己需要钱。而父亲接下来说的话把我和詹森都吓到了。"我儿子有一个朋友，叫詹森。我儿子消失了，而詹森冒了出来，一旦你杀死他们当中的一个，你就把他们都杀死了。"詹森不懂父亲在说什么，也不认为他真的杀了某个人，但他觉得这个和流浪汉在一起的一天已经够了。出于无意的举动，走之前，詹森给了他一本自己正在读的书，赫尔曼·黑塞的《德米安》。

　　詹森讲完他的故事之后，我陷入了沉默。听到父亲说要杀了我，这把我吓到了，就像詹森听到父亲说要杀了他，也把他吓到一样。詹森和我中断了我们的讨论，看着市集广场上人来人往。几分钟之后，一个流浪汉路过这里，我们能够闻到他的味道，这让我们又回到我父亲身上。我问詹森从那之后他和父亲之间发生了什么。而在那之后，父亲开始保持他们之间的距离。不管什么时候他在市集广场见到詹森，他只是点头打个招呼，不再接近他，甚至不问他要香烟了。他的退出让詹森如释重负，但也迷惑不解。他们的友谊，一共持续了三个月，开始于一个谜题，以另一个结束。

　　我已经对父亲的妄想系统足够了解，能够猜得到事情的来龙去脉。他之前的激动是因为他的帽子被偷了，当詹森问及他的正在脑子里写着的书时，他觉得很吃惊。他需要判断詹森是不是已经知道了他写书的事情，说不定他是故意设计好来问这个问题的，好让父亲意识到，他的迫害者们已经知道了这本书的存在，再或者他只是纯粹的好奇？可当詹森说出了自己的名字，并提到自己和我年纪相仿，父亲心里已经有了他自己的答案。在佩勒姆长大的时候，班上有一位叫詹森的同学，就住在和我们同一个街区，我整天和他一起踢儿童足球。在父亲充斥着阴谋、被替换、设计好的场景的世界当中，巧合是不存在的；他别无选择，只有判断詹森是作为我的替代者而出现的，他的迫害者们精心安排了他们的交换。我猜父亲发现詹森并不如自己先前所想，是他的朋友，而在担心詹森别有所图。一个衣冠不整的疯子随口说出要杀死自己的儿子的话，并没有多少事情能够比这个更吓人了。

推测詹森在父亲所想象的实验当中的角色，又把我带回到了流浪汉那里，然后，回到那之前，父亲流落街头的时候，曾听到他母亲的声音。透过成为流浪汉时期的父亲的视角去看待实验，我开始看到一种模式正在形成。过去所有的一切纠结起来，缠绕着在教堂街上的父亲。听到母亲说话的声音只不过是这一庞大计划中的一部分。父亲生命中的大部分经历都以一种替代品的形式回到他身边，影响着他精神疾病的隐患，并且强调着他为了获得自由所付出的代价。面对这一切，父亲的回应，又一次选择了记录那些他所强迫接受的不道德的治疗作为抗议。而现在，他所能做的如此有限，他无法用纸和笔完成，只能依赖于思维控制的意识读取机制，让他的抗议抵达听众。

1993 年秋天，在市集广场，一个存在于父亲的过去的人物出现在父亲的面前，不是他妄想中的替代品，而是在他精神分裂症发作以前出现过的真实人物。约翰·布查德博士从 1970 年开始在沃尔蒙特大学教授心理学。在那之前，他在北卡罗来纳州的教堂山任教，同时，在默多克中心主持一个约翰·奥姆斯特德医院的针对智障人群的实验，医院就在北卡罗来纳附近的巴特那。1966 年，作为教堂山一名社会学研究生，父亲在默多克中心布查德的手下工作。1996 年造访教堂山的时候，我得知布查德教授在父亲流落街头的那段时间正好在柏林顿任教。到了柏林顿，我和布查德博士在他位于沃尔蒙特大学的办公室里见了面，这一发现让我们彼此都很惊讶，二十七年之后，他们的人生轨迹又一次在教堂街交叉了，只是这一次，布查德博士并没有认出他之前的下属，他已经成为一个典型的流浪汉了。

混迹于教堂街的查尔斯，确实认出了他之前的上司——有一瞬间，这让他生出希望，但又担心他突然的出现会让早已改变的命运暴露自己的痕迹。十月初的一个下午，布查德博士在他大学的邮箱里发现一封查尔斯写给他的信，是亲自递送的。这封信用的是柏林顿雷迪森酒店的信纸，查尔斯在信里回忆了在教堂山的时光，并详细说了自己在之后所作出的专业成就。他还讲了他现在的工作情况，但并没说自己在哪里工作，只是大概提到自己在做"独立研究"。他解释说他在去加拿大的途中路过柏林顿。根据布查德博士回忆，信中并没有任何异常的迹象：没有偏执或是妄想的痕迹，也看不出他需要帮助。那时候唯一让布查德感到奇怪的是，查尔斯并没有提供任何联系方式，没有地址，也没有电话号码，除了信纸的抬头上雷迪森酒店的地址。

查尔斯的处境相当艰难。如果布查德并没有被他的迫害者们收编，他在市集广场的出现是一次真正的偶遇，那这对他而言是一次意外的机遇。布查德可以很好地帮助查尔斯重回他的学术生涯。查尔斯知道，如果他想要的并不是几杯咖啡的钱，那自己现在的状态是无法去接近布查德的；这也解释了为什么他从雷迪森酒店借信纸，并说自己只是路过这里。考虑到查尔斯可能说服了一位酒店的前台为自己传口信，信纸有可能给布查德一种联系自己的方式。走在校园里，把信投到信箱里，这一举动无疑吸引着无数学生以及学院相关人员的目光，而查尔斯一定深切地感受到，自从他离开大学的学术职位，在这十三年中，他堕落到了何种地步。

即便流落在街头，父亲仍旧为他不懂得操纵学术界的政治而付出代价。查尔斯最早发表的文章里，有一篇就是对布查德博士主持下的默多克中心实验的直接批评，而那时候，布查德博士觉得他的批评不仅违背专业的规则，而且是一种个人的背叛。三十多年之后，想起这些小的细节，布查德只是把信放在了一边，没有试着去联系他。我可以想象出，父亲每天或是隔天等在雷迪森酒店的前台，盼着布查德打电话来，或是有他的来信，而他最终慢慢意识到，或许他永远都等不到任何回复。巧合对任何人都是难以接受的，更何况对一个在意识中把任何巧合都当做是阴谋的证据的人。在教堂街上见到布查德，一定将残留在父亲心中仅有的疑惑全部扫除，那些在市集广场上来来回回走在他面前的人，都是设计好了，来和他的过去相联系的，他们的作用，就像他在第一封妄想中的时事通讯中写到的，利用他过去犯下的一些错误，来嘲弄和贬低他。

柏林顿并没有地铁系统。查尔斯告诉韦伊站的负责人说他晚上在"地铁站"过夜，"地铁站"其实是"赛百味"，一家装饰着黄色标识的三明治商店，它在全球各地都有分店。"赛百味"开在梅恩街上，在教堂街东边大概一个半街区的位置，它会一直营业到凌晨四点，为夜猫子们和无家可归的人们提供短暂的庇护。随着柏林顿气温的下降，查尔斯几乎每个晚上都是在赛百味度过的，他会在那里喝一杯咖啡，坐在那里自言自语。他很幸运，因为沃尔蒙特大学的学生艾米·金在那里值夜班。

我在 1997 年 1 月的一个深夜见了艾米，两个人一起喝了几杯淡咖啡。艾米是一个年轻的姑娘，肤色有点深，很害羞，坐在对面，你能感觉到她散发出的天生的善良，父亲能够认识她，让我非常欣慰。"查尔斯经常来，坐在一张桌子前，几个小时都在那里自言自语。他看起来像是那种人，你需要鼓励他们多吃点东西，或是需要补充专门的营养。他的脸很瘦，也脏兮兮的，眼睛深陷在眼窝里。他的健康状况非常糟糕，这让他引起了我的注意。"和詹森一样，艾米也能不因为父亲的外表走开，而是提供给他一些物质上的帮助，来改善父亲的生活质量，尽管这样的帮助微乎其微。詹森递给了他香烟，艾米给了他咖啡。"一开始，他点杯咖啡，也付钱。来过几次之后，他走进来，然后说：'我没有钱，能喝一杯咖啡吗？'我说：'当然可以。'给他倒满一杯咖啡。等他下一次来，我让他坐下，他看着我笑了笑，说：'你知道的，我没打算付钱。'他说中了，我确实知道。我猜就是那个时候开始我有点喜欢他了。他能让我笑。很快，就变成了这样，他走进来说：'来杯咖啡。'我就会帮他倒满。他来这里太频繁了，也是因为我鼓励了他。"

为感谢艾米的慷慨，查尔斯给了艾米一份礼物来表达他的谢意。

"有时候，他也会在餐巾纸上写很多东西。有一次，他把他写的东西给了我，并说这是作为咖啡的答谢。那看上去像是数学的方程式之类的东西。我觉得这很有意思，既然他是无家可归的人，整天在大街上流浪，你会想当然觉得他没受过教育，或者并不知道很多。就是从这一次开始，我逐渐察觉到一些蛛丝马迹，其实查尔斯是一个颇具智慧的人。尽管我完全看不懂他的方程式，但上面写着的确实是一些数学之类的东西。"

没过多久，艾米就留意到其实查尔斯并不是在自言自语，而是在和一个只有他自己能听到的声音对话。她还记得，"他会说一会，然后坐回来，就像是在听什么人说话似的，然后他会继续说，就像是他在回应刚才的人所说的话。"查尔斯从没和艾米说过他在和谁说话，但在赛百味的墙上却可以看出蛛丝马迹。在美国的大约一万一千家赛百味分店里，每一家的墙纸都是由插图组成的故事，讲述纽约地铁系统的历史。而布鲁克林的地铁系统尤其会被强调，因为赛百味的共同创始人，和查尔斯一样，出生在布鲁克林，并在那里长大。正对着查尔斯常坐的一张桌子上方，是一张 1898 年的版画复制品，上面是布鲁克林格雷厄姆大道的 R.R. 公司，赛百味后来就在那里创立。在版画的下面，刻着这样一行字：

在大桥布鲁克林的那一端

我迷惑于一位陌生人

这样的文字，足以让查尔斯早年对自己母亲和她的邪恶的恐惧，与他想象当中的迫害者们联系在一起，毫无疑问，他是这样和自己解释这一巧合的。要是艾米也像灵格斯的那位酒保一样让他停止自言自语，他极有可能也会说他并不是在自言自语，而是在和他母亲交谈。坐在桌子旁，他极有可能经常沿着桥走回布鲁克林，重新过着在母亲的阴影下的生活，在他自己的家里，像一个陌生人一样生活，一个局外人的生活。

即便艾米并没能够理解查尔斯——她怎么能够理解一个她认为是流浪汉的人呢？——起码，她并没有因为他的奇怪举止而疏远他。她对他的宽容将赛百味变成了一个安全的天堂，在这里，他可以回应那些声音，他可以相对平静地写他的书。事实上，查尔斯几乎认为艾米是在帮助他完成自己的书。"我对他很好奇，不知道他为什么总是过来，但我也不想打扰他。最终，他主动告诉了我。他说：'你想知道我为什么总来这里对吗？'我说：'是。'他回答我说，他在写一本书，他说他很喜欢和我一起工作，因为我们一起的时候完成了很多不错的东西。我不太清楚他在说什么，但大概是一种恭维。"

这个时候我知道，关于艾米帮助父亲完成他的书，想要理解这一点，就需要解决这个问题：在父亲的过去，艾米代表着谁？艾米在赛百味的经理解答了这个问题，她告诉我父亲有一天曾向她透露过，艾米让他想起自己的前妻——我的母亲——在20世纪70年代早期，她曾帮助他编辑所有的书。他从没有告诉过艾米这些，可能担心这会把他在这世界上仅存的几个朋友中的一个吓跑。要是艾米是母亲的替代，那她一定代表着那些单纯的岁月，在阴谋开始入侵这个家庭之前。奇怪的是，艾米的确和母亲年轻的时候很相似：她们的脸型很像，留着一样的发型，她看上去温柔可亲，正如母亲在艾米的年龄时在照片中留下的样子。

十月末的一个夜晚，查尔斯坐在他在赛百味常坐的桌子前。从他的位置，可以看到窗外的梅恩大街，看着冬天的第一场雪徐徐落下。他让艾米帮他续杯，之后，他给她讲了一个故事，和城市传说一模一样——古怪的百万富翁衣衫褴褛，他向第一个对他施予仁慈的人道出实情。虽然事实大相径庭，查尔斯声称自己并不是无家可归的人，他说他拥有一处宽敞舒适的公寓，在公寓里，可以俯瞰整个市集广场。他还是赛百味的所有者，不仅如此，柏林顿市中心大部分的餐馆都归他所有。甚至连那个拥有 256 个房间、可以俯瞰尚普兰胡的雷迪森酒店也在自己的名下，我在柏林顿的期间，正是住在这个酒店的。据艾米回忆，"他说他将和自己的妻子以及儿子共享丰盛的感恩节晚餐，就在他自己的酒店里，雷迪森，他和他的家人已经好几年没有见面了。他邀请我一起前往，并且，要是我愿意的话，也可以带着我的家人同去。我谢绝了他的邀请，告诉他我们总是在家庆祝。"

那天晚上，坐在桌前，看着雪花将这个被称作柏林顿的舞台覆盖，查尔斯收到了信息——或许就是雪花本身——迫害者们终于决定要结束这一切，所有他们夺走的东西都将悉数归还给他。他显然相信，他将和自己的妻子以及儿子重聚在一起。他相信他将重新拥有自己的家。他甚至相信——他曾听到有声音告诉他——他最后挣扎着的这些场景，将作为礼物而归他所有，所有这一切，灵格斯，赛百味、雷迪森酒店。至少有一个晚上，查尔斯认为自己胜利了，他打败了思维控制。他赢了。

一个星期之后，查尔斯就得到清楚的暗示，他错了。实验并没有告终。11 月 1 日带来了那一年柏林顿最大的一场雪：7.7 英尺的降雪量，超出整个十一月的平均值。那天晚上，当查尔斯走进赛百味，把积雪从他破旧不堪的外套清理下去时，艾米走过来，羞愧地告诉他，他得离开这里。另一个员工告诉艾米的经理，查尔斯从收银台旁边的陈设柜台里偷薯片。（艾米假装没有注意到，她很清楚，他一定要吃点什么东西。）查尔斯表现得很愤怒，并不是因为他们指控他偷薯片，而是因为他们，要求他，赛百味的拥有者离开自己的地盘。

艾米警告他，要是他不走的话，她就不得不打电话报警了。他回答她说："我希望你打电话给警察。我想和他们说一说这件事。"十分钟之后，一名警官赶到了，警告他私自入侵别人的领地，查尔斯并没有提起他是这里的拥有者。在承诺自己将不会再出现在这里之后，他从这里走了出去，失去了他在柏林顿最后的朋友，以及他的庇护所，时间曾在那里停止，温暖、免费的咖啡、受人尊敬，他和他的恶魔交换着彼此的想法，继续他的研究，重温着过去美好的时光。

警察的到来还带给了查尔斯另外一点暗示：要是查尔斯不继续小心谨慎的话，他会给迫害者们以可乘之机，将他被捕，并送回到沃尔蒙特州立医院去。当年他在新罕布什尔的伊士曼被捕，几乎是十年之后，他面临同样的挑战：控制自己，不能因为实验或者自己所处的环境而让自己的脾气发作。十年之前，太大的压力让他变得暴力，而在柏林顿，面对糟糕很多倍的环境，查尔斯的精神失常让他误以为实验要结束了。实验当然仍在进行。除了要继续面对他的迫害者们，查尔斯还不得不忍受自己眼看着希望落空的失望之情。

但查尔斯并没有因为压力而屈服。虽然从他的世界里看过来，这是极具挑衅的举动，他也没有付诸暴力。被周围那些假装对事情一无所知、实际上却在帮助他的迫害者们迫使他相信自己疯了的人当中，即便面对这样的阴谋的重重包围，他最严重的罪行也就是偷了一包薯片。他的自我控制和尊严让普遍流行的将精神分裂症患者想象成嗜血而疯狂的杀人魔的谎言原形毕露。虽然深处困境，深受不合理的思维折磨，他仍在用尽全力克制着自己。尽量避免做让他被捕的事情，避免因此而失去自己艰难赢得的自由。然而，做得越多，能为自己留下的就越少。查尔斯的自我克制很大程度上来自于他相信人们将会理解他的困境，这是他从没有中断过的信仰。无论是在大脑里写抗议的书，还是尝试和在教堂街上坐在他旁边的人交流，都是他对人性的乐观态度的确切证明。他持续不断地努力寻找一名听众，正暗合了他的信念：如果能够让公众理解他所遭受的痛苦程度，以及他们对迫害者愿望的一味顺从而带给自己的冲击，要是他们能理解这些的话，他们可能会帮助结束实验。尽管他目所能及的事实都是恰恰相反的，但查尔斯拒绝接受这样的观点：人们会对另一个人的悲惨遭遇顾若罔闻。

9 小偷
IIIIIIIIIIIIIII

单独看待父亲的妄想，发生在他身上的一切恰恰凸显出精神康复系统的大规模衰落，这种衰落源自于对公民自由的强调，进而导致的去机构化运动：对精神疾病的刑事定罪。在很多州，想要将一个人非自愿地送往民事法庭进行能力鉴定的听证会需要满足非常严格的法律要求，所以精神病人大部分情况下会最终被送往刑事法庭。而一旦上了刑事法庭，所需承担的义务的标准都是一样的，基本上都是基于这样一条准则的变化——他们必须证明对自己或者其他人没有危险。

这一实践在精神分裂症患者当中并没有得到应有的影响，因为他们本身很难意识到自己的精神失常，因此更多的情况需要非志愿的治疗。通常，他们的境况会一直恶化，直到最终流落街头，他们会因为一些较轻的罪行被捕，像是行乞、非法入侵或是行窃。一旦上了法庭，法官就可以要求能力鉴定的听证会。这种迂回的过程扭曲了精神病人的犯罪率，从而让精神病人都很危险的流行说法变得容易被接受。事实上，这里也存在着一种道德上的缺陷，仅仅因为精神病人的症状而惩罚他们。

查尔斯的迫害者们把他过去曾有过的失败挖掘出来，造成一种他精神失常的不安全感。随着冬天提早到来，他们改变了策略。之前各种微妙的关于他过去的代言以及重新再现他过去的元素这些方式已经不再使用了。他们的新策略可以被总结为两个词：**屈服**或者**死亡**。要是他们无法激怒查尔斯，让他或是触犯法律，或是投降并接受加之于自己的诊断，他们会让他死于街头。

1993 年 11 月 1 日，被从赛百味赶出来之后，查尔斯在雪中跋涉到了韦伊站。他登记的床铺是 21 号。他的计划是，充分利用他在收容所的九十天，等待冬天过去。如果他之前从没意识到自己有一天终将死在市集广场，那在第二天晚上重又回到韦伊站打算在那里过夜的时候，他清晰地意识到了这一点。他来之前的一个小时，这里的负责人发现，查尔斯住过的床铺到处都是前一天晚上留下的虱子，看过去就像是寝具自己会动一样。他在收容所的记录里记下了自己的反应：**"不管什么理由，在我把这个地方重新清理干净之前，都不能让 21 号和 22 号床铺再住人了。我们的朋友查尔斯·拉胥梅耶的床铺（21），上面竟然有如此多的虱子寄生在上面，简直让人无话可说。我用了一整瓶杀虫剂，然后用漂白剂清理了所有的东西（将它们都杀死），最后把这些东西全都倒进垃圾桶。"**

查尔斯走后，负责人打电话给流动危机处理小组——霍华德公共服务中心的一个社区分支机构，告诉他们，他不会再让查尔斯住在韦伊站了，并且报告说，他觉得查尔斯继续让自己暴露在外界的环境中，这将危及到他的生命。他催促流动危机处理小组给查尔斯做一个精神评估，但他们建议他去沃尔蒙特州立医院去进行这一紧急的非自愿申请，负责人对此并不乐观，因为一旦查尔斯的自由受到威胁，他就会表现出非凡的能力，来控制对自己症状的表达方式。"不管什么时候，一旦有精神康复中心的工作人员在周围和他说话，或是想接近他，他会突然变得很正常，风度得体，吐字清晰，这让那些人觉得他是自愿选择住在街上的。"

那天晚上，流动危机处理小组的人在教堂街的长椅上找到他，并对他进行了问讯。他们用了标准的方式，来辨别查尔斯是否对自己或者他人构成威胁，但很明显，他对别人并不构成任何威胁，而且他也没有任何自杀的倾向，除了发现他的脚上有冻伤，但这也远远没有达到会危及他的生命的地步。

第二天早上九点，查尔斯走进霍华德银行，领取他每个月的退休金——这是目前唯一不让他挨饿的临时保障，也是唯一他还没有完完全全成为生活在大街上的流浪汉的一点物质证明。但就在他想要从他的支票里提取一部分钱的时候，他呆住了，出纳告诉他，因为违规操作，他的账户被关了。几个星期前，查尔斯曾签了几张超支的支票，去购买冬天的大衣、靴子以及支付饭钱。他还曾指控一名出纳从他的账户偷钱，这无疑让银行的这一决定更顺理成章。虽然如此，因为察觉到查尔斯的特殊情况，银行还是接受了他这个月的退休金的电汇。在一番交涉之后，查尔斯带着 225 美元离开了。而他的账户则被永久性地关闭了，现在，即便他的法定监护人想要联系他，并不再继续执拗地想要控制他，他也没办法收到他的社会保障津贴了。

接下来一个星期，独自一人待在市集广场的长椅上，时间过得异常缓慢，就在这段期间，查尔斯一次又一次回到银行，希望有人能帮他重开他的账户。而随着他接连的到来，他的行为也变得越来越古怪，难以预测了。这引起了银行警卫的注意，他们的负责人约翰·马卡姆之前曾是联邦调查局的探员，造访柏林顿期间，我们见过面。他是一位中年人，不高，留着平头，银色的头发，有着多年来处理紧急事件的经验所带给他的自信，但对银行最难缠的客户，马卡姆的印象也仍记忆犹新。"你忘不了查尔斯·拉胥梅布。他很高，他让自己非常出众。他一点也不为自己的样子而羞愧或者尴尬。他在银行有事情要办，他就是来处理这些事情的。在我看来，他显然是一个特别聪明的人，比我自己聪明多了，但他不够理性。他指控银行欠他一千七百万，这些都是外国政府提供给他的。他还告诉我，在搬来沃尔蒙特之前，他在新罕布什尔的曼彻斯特住过五年，他在银行里有七千二百美元，想让我帮他把那笔钱转到这里的银行里来。"

马卡姆告诉查尔斯，霍华德银行会接受下个月汇给他的退休金，但之后就很难说了。他建议查尔斯尽快去另一家银行开个账户。作为回答，查尔斯威胁了他。"他说，明天我就没工作了，霍华德银行也要关门了。他还说，没能给他那一千七百万美元正是霍华德银行关门的原因。说完他站起身，走了出去。"

但查尔斯确实采纳了马卡姆的建议。在长椅上度过了又一个夜晚之后，第二天一早，查尔斯去了位于银行街 149 号的沃尔蒙特银行，想要在那里新开一个账户。不幸的是，他的外表、行为举止，再加上他在市集广场每况愈下的名声，没有哪一家地区银行愿意接受他作为自己的客户。他刚进银行，就被一名保安拦住了，勒令他离开，并且不允许他再回来。他离开之后，银行经理打了电话，将这次入侵报告给警察。

查尔斯每隔几天就回到霍华德银行，和约翰·马卡姆讨论自己的情况。每一次，马卡姆都会和他握手，邀请他到自己的办公室，倒杯咖啡给他，而查尔斯也总是接受。尽管对马卡姆的招待很感激，查尔斯还是不停地威胁他和霍华德银行。马卡姆在联邦调查局的工作经验让他对真正的威胁和那些只是口头说说的夸大之词一清二楚。他并不觉得查尔斯很危险。"我感觉不到他会真的走进去，做点什么。他就像是一个掌控一切的人，预言着到了明天我们就会不存在了，但他自己不会去做这件事。"

马卡姆并不认为查尔斯对别人构成威胁，他确实相信这一点，但对他自己，却的确是一个威胁。一个寒冷的早上，在喝过一壶咖啡之后，看着查尔斯离开银行，马卡姆告诉银行经理，"那个人迟早会冻死在雪堆里。"他很担心查尔斯的命运，所以就打电话给霍华德公共服务中心，希望能给他提供帮助，这远远超出了他作为银行保安负责人的管辖范围。而在霍华德公共服务中心的人告诉他，事实上，查尔斯确实在新罕布什尔有 7200 美元，但他没法取出来，他们还告诉马卡姆，他们想让查尔斯主动去沃尔蒙特州立医院。

查尔斯开始越来越容易激动，到处指控别人扣押了他一笔特定数目的钱，他冠冕堂皇的威胁，这些都表明处在他现今的环境当中，他的状况开始进一步恶化了。在几个月相对稳定之后，查尔斯的妄想系统失去了一贯的内在支持。直到那时候，他知道，自己被思维控制这样的奇思怪想所奴役，无力逃脱。而他努力做的，是保持自己非暴力的抗议，以及自己意识清晰的信仰。他能做的越少，他就越相信自己开始变得更强大，更具有影响力，这是他长久以来所渴望的，他的想法是自己能够做主的，这样一来，他的行为就变得更加古怪，更加无从预测了。

分手的时候，我和马卡姆握了手，感谢他对父亲的招待。想起他曾说过，每次见到父亲他都会和他握手，我问他，他是真的如此，或者只是说说而已。他知道我为什么这么问，父亲的手一定很脏。他告诉我，他觉得，像尊重别人一样尊重他，这一点很重要，所以他告诉自己，每次见面，他都要和他握手。我知道，这个简单的手势对父亲的作用会多么地大。不管白天还是夜晚，流浪汉们很少能感觉到来自另外一个人的接触。我又和马卡姆握了手，走了出来，置身大街上。

赛百味、韦伊收容站、霍华德银行、沃尔蒙特银行，还有其他，随着从不同的当地机构收到越来越多的投诉，柏林顿的警察部门开始积极地立案，以便不再让查尔斯继续住在大街上。专门负责的侦查人员给预防犯罪科发了一份通告，"要求他们记录所有和拉胥梅耶相关的事情，并对非法入侵的控告采取适当的措施。"他还联系了在霍华德银行的约翰·马卡姆，以及赛百味的经理，要求一旦查尔斯再一次出现，请他们立即打电话联系。查尔斯所相信的，他是一场精心安排的阴谋的目标，整个柏林顿的人们都参与其中，演变成一个自我应验的预言。随着时间推移，查尔斯所妄想的世界与他实际接触的人们的行动之间的重合越来越多。

在警察部门，主要负责父亲案子的警官，就是曾在十一月将父亲从赛百味驱逐出去的同一个人。罗伯特·布赫下士，他是柏林顿唯一长期负责在市集广场巡逻的警官。我在柏林顿警察局见到他的时候，他留着八字胡，身上有很多小伤疤，带着彰显着小城市所特有的耳饰。我试着去勾勒父亲想象当中的布赫下士，查尔斯一定觉得他参与实验，并且，可能猜测这位他在教堂街最常见到的警官，正是他的迫害者以及他们所拥有权力的代表。

布赫下士第一次与查尔斯争论是关于酗酒的。布赫看到查尔斯在教堂街喝酒，他去警告他，当地的公开条例规定，在公开场合喝酒是不合法的。查尔斯的回答让他很吃惊。"有一件事会让查尔斯变得与众不同，那就是和他交谈，我很快就意识到他非同寻常的智慧，这并不是我平常所见的那种流浪汉，他很善于言辞，词汇很惊人。他说着一般人并不常用的一些词汇，他确实知道宪法的一些东西，这很快就让我注意到了他的智商因素。警察利用暴力。我们的权力。他可以谈第十四号修正案，第三号修正案。就像是，好吧，我不会像对其他的流浪汉那样对待这个人的。"

查尔斯能让警察对他放松警惕，却不能阻止他们接近他。他濒临极限的生活状态让他不得不持续卷入到触犯法律的麻烦当中。意识到他再也没希望拿回自己的社会保障金，他每个月的养老津贴来源也有可能被中断，为了生存，查尔斯开始被迫在市集广场行乞。11 月 4 日，早上九点钟，他拦住了刚从霍华德银行的取款机里出来的两名妇女，问她们要 25 美分。他被一名警官看见了，而警官对那个入侵计划一清二楚，警官将他拦下，向他公布了行乞的条例，并给他下了一张需要出庭的传票。查尔斯的选择，或者他在七十二小时之内向法庭支付五十美元的罚款，显然他无力支付，或者，他需要在指定日期出席法庭针对他的指控的预备听证会。

面对更加严重的境况，查尔斯依靠地方图书馆里的一些法律的调查，防止了自己被捕——有效利用他的学术训练的一种策略。他知道，要是他的迫害者们让他走上法庭，不管面对多么轻微的指控，法官都会要求他去沃尔蒙特州立医院做精神评估。查尔斯很快从他的错误里得到了教训。布赫下士目睹了他如何有技巧地实施行乞。"我们的城市条例非常明确：你需要直接和别人要钱。查尔斯一定发现了这一点，因为从那之后，突然他开始问别人，'你能帮我吗？'实际上，我把这一切告诉了公诉律师，让他们注意，她告诉我，如果在法庭上，他的陈词将合情合理。他找到了系统的漏洞。这在流浪汉中间绝对是独一无二的。"

查尔斯的胜利是短暂的。随着十一月让位给十二月的到来，气温下降和降雪增加将路上的行人减到了最少，这给查尔斯的行乞带来不少困难。每一次，布赫下士在巡逻的时候，查尔斯是他几个小时内见到的唯一的人，在飘落的雪中一个模糊、孤独的身影。"那确实是一个很难熬的冬天，我看到他站在角落，穿一件卡其色的薄外套，双手叉在口袋里。有时候，他甚至连手都直接暴露在外面。气温已经降到二十度那么低了，我们还在那说话！外面空无一人的时候，他会走出来，他会在那里一站就是几个小时。我简直惊讶他怎么没有被粘在一张长椅上。"

那个时候，就连其他的流浪汉也开始避着查尔斯了，甚至在和路过的人说话，他也太过激动，满口都是妄想之词。一整天他都一个人孤零零地度过，坐在长椅上，在市集广场走来走去；一旦他要到足够的钱去喝一杯咖啡，他就能躲进一家路边的小店，暂时从寒冷中逃脱；到了晚上，他忍受着外界的寒冷，断断续续地在公园的长椅上睡一会，或者沿着教堂街走来走去，保持温暖。等到他十二月的退休津贴全部用完之后，他赖以生存的全部就是向路过的人们行乞所得。

12月17日，查尔斯没有出现在因12月4日的行乞指控而举行的听证会上。法官下达了一张拘捕令。十天后，12月27日，拘捕令正式生效，而同时，长达一个月的破纪录的寒冷开始了。那天的最高气温是五度，而最低气温，不算刺骨的寒风，也达到了零下十七度。但无论如何，他安全度过了这个月，布赫下士在教堂街和学院街的路口逮捕了他，将他移交到齐坦丹县级法庭。

齐坦丹县级法庭没有雇佣速记员，听证会都是用磁带记录的。我在柏林顿的时期去了那里的法院，并拷贝了父亲 12 月 29 日以及之后的听证会的录音。他的声音和我记忆中的一模一样。把他那洪亮、清晰的声音加在一个蓬头垢面、满身虱子的流浪汉身上，显得非常奇怪，这不仅因为在我的脑海里，父亲总是三十五岁的样子，英俊，强壮；在整个听证会上，他的谈吐非常精准、自信，干脆利落，完全掩盖住了他实际的状况。他声音中唯一的"美中不足"就是会带有一点轻微的省略，就好像他是真的在努力保持镇静，而我相信这确实是实情。在极度的压力之下，他要很小心，不能表现出任何能够引发对他的精神状况产生质疑的行为。他对自己的行乞指控进行了无罪辩护。听证会结束，查尔斯签署了保证书，并定在接下来的 1 月 21 日下午三点重新接受传唤，基于此，法官释放了查尔斯。整个过程的录音可以很明显地看出，除了他的境况，父亲并没有失去他的智慧，以及他对反讽的偏爱：

> 法官：你好。拉胥梅耶先生，审判员决定给你一份有明确日期的定期传唤单，届时你必须重新出现在这里。
> 拉胥梅耶：当然。你知道那个日期是什么时候吗？
> 审判员：1 月 21 日。
> 法官：1994 年 1 月 21 日。是个星期五。

拉胥梅耶：是 1 月 21 日？

法官：是的，没错。

拉胥梅耶：那今天是几号？

法官：今天是 12 月 29。

拉胥梅耶：哦，当然，很好。非常好。

查尔斯的语气里有很明显的嘲讽。对一个流浪汉而言，日程是完全没有意义的，每一天和其他任何一天都是一模一样的。

法官：好。所以这些全都在那张纸上了。你可以保存它，这样可以提醒你下一次……

陈述员：拉胥梅耶先生完全明白自己需要出席的义务，对吗？

拉胥梅耶：你说什么？

陈述员：你明白自己在那个时候一定要出席的义务，对吗？

拉胥梅耶：当然。我会在这里的，我会穿正装，和英国女王一起来。

查尔斯知道法庭一定不会撤销这个案子，但也不会在短期之内，将他送到监狱以代替缴纳五十美元罚款的惩罚。他们接下来的阴谋诡计是一个关于他的能力评定的听证会，最终他会被送往沃尔蒙特州立医院。三个星期之后，他会重新成为一个囚徒；他从曼彻斯特逃离出来，他在柏林顿的大街上九个月所忍受的痛苦，将变得什么都不是了。最好的方法，是等他的退休津贴在 1 月 1 日到账之后，他就尽快离开柏林顿。但查尔斯知道，他的退休津贴无法到账了。

新年来临前一天的下午四点钟，布赫下士收到一起沃尔蒙特银行的报案，举报一起失常的行为。当时工作人员正坐在银行里边，协调柏林顿第一夜盛典的排班表，在大厅使用 ATM 机的顾客举报说一个流浪汉走进来，并不停地大叫，"我想让屠杀和死亡降临这里！"等布赫下士赶到，流浪汉已经不在那里了。但根据描述，他知道那个人是查尔斯。

夜幕降临，查尔斯从他的藏匿之所再度出现。那天晚上九点，布赫下士发现了他，他安静地坐在市政厅公园的长椅上，布赫下士问他到底发生了什么事。"他否认了银行工作人员所描述的事情。他告诉我，他和这两家银行——沃尔蒙特银行和霍华德银行都有一些需要处理的问题，他曾从一个银行转钱到另一个，但是'他们'把他的钱弄丢了。这是他为什么会和银行产生冲突的原因。"

查尔斯预感到，霍华德银行会拒绝接受他再次去取钱，所以让公司将钱汇到沃尔蒙特银行，因为他希望能说服他们给自己开一个临时账户。但他一开始就错了，他每月的退休津贴的支票既没到沃尔蒙特银行，也没到霍华德银行。没有家庭地址、电话号码，也没有得到资金的途径，再加上自己的症状带给查尔斯的负担，查尔斯丧失了对于掌控自己状况的希望。

他被困住了。没有这笔退休津贴，他就没办法在 1 月 21 日到来之前离开柏林顿。而更要命的是，他没办法养活自己，甚至没办法给自己买一杯咖啡，稍微让自己放松一下，尤其是，在这个将成为柏林顿历史上最严酷的冬天里。

布赫下士警告他不要再威胁别人，也不要再去沃尔蒙特银行，之后，他离开了查尔斯，留他独自一人在公园里。三个小时之后，午夜来临，到处弥漫着人们的欢呼声和汽车的喇叭声，宣告着 1994 年的到来，气温降到零下五度，而查尔斯最糟糕的一年，就和它开始时一样，就这么过去了，留下的，是更加艰难的许诺，丝毫看不见希望。

到了一月，柏林顿的气温降到历史最低：月平均最高气温在华氏十七度，而最低则达到零下三度，这还不算凛冽的寒风。那个月的积雪达到一月份平均积雪的两倍，38.6 英寸。仅仅四号一天，在柏林顿周边就有多达十英寸的降雪量。面对残酷的寒冷，查尔斯只有一个地方可去——仅仅一年的功夫，他就由在霍华德银行开通账户，沦落到现在要在他们的 ATM 机旁过夜。新年的前两个礼拜，关于查尔斯在哪里吃饭并不是很清楚，但他在这段时间体重大幅下降。而且在那段时间，他走路开始一瘸一拐，并且不停地咳嗽。从他的角度来看，他的迫害者们的计划开始成为了现实，屈服或者死亡。

在 1 月 12 日的早晨，查尔斯从 ATM 机旁醒来，走到市集广场上。他穿着一件绿色的军用夹克，里面套着一件棕色的毛衣，和一条脏兮兮的蓝色工装裤。他的头和手都直接暴露在外面。查尔斯再也无法忽略自己的饥饿了。他向西走到银行街，到了亨利之家，这是一家很典型的美国简餐厅，在门上装着红色的霓虹灯标志，去年的冬天，查尔斯曾是这里的常客。他在靠近窗户的位置坐下，点了三个加玉米牛肉粒的炒鸡蛋，外加咖啡，接着他点了第二份早餐，煎饼和香肠，上面外加两片苹果派。吃完之后，余下的整个早晨，他都看着窗户外面，看着顾客们进进出出，喝着免费续杯的咖啡。

大约过了三个小时，终于有一个顾客开始抱怨，查尔斯的味道太难闻了。来吃午餐的人也开始多起来了，而查尔斯的消费显然微不足道，所以店主就让查尔斯结账离开。查尔斯大度地接受了他的请求，说等喝完咖啡，他就离开。但他走的时候，并没有付整整 10.07 美元的账单。处在饥饿的边缘，查尔斯有生以来第二次从别人那里偷了东西，第一次，他偷的是薯片。店主打电话给警察，报告有人行窃。布赫下士在市集广场到处找查尔斯，却无功而返。

第二天早上，查尔斯沿着银行街的相反方向，在一家叫做绿洲餐馆的地方又吃了一顿大餐，吃完之后，他笑着告诉服务员，他没钱付账。这一次，他安静地等着警察的到来。他被抓起来，收到一张行窃的传票，接着被释放了。而那天早上晚一些的时候，另一位警官在霍华德银行的 ATM 机旁又一次将查尔斯逮捕，理由是前一天他在亨利餐馆的行窃，警官将他带到柏林顿警察局，给他下了另一张传票，释放了他。

被捕之前，当警官问他，是否承认自己的行窃罪行，他说："我是在那儿吃了早饭，但他们弄错了，我儿子帮我付了账。"当我第一次在警察报告里读到这句话，我的思维一下子短路一般产生了一阵错乱。我感觉到父亲正在他的警察记录里到处给我留下信息，就好像他知道，在他死后，我会努力了解他的这段生活经历。我开始相信它的信息在说——不要再骗自己了；不管你尝试做什么，你永远无法从曾经抛弃我的罪恶中解脱出来。

尽管已经无从确定，也有可能父亲在做陈述的时候，是在尽可能给我传递一条消息。如果他确实觉得我是自愿参与阴谋的一分子，那极有可能他在柏林顿的境况我是可以知道的，而他的评论，事实上，也会最终传到我的耳朵里。父亲可能觉得我彻彻底底地背叛了他，而完全不顾他所遭受的痛苦，这是我能想到的最恐怖的想法。我只能希望父亲没能这样去想，他亲自养育大的儿子竟然如此冷漠。

自从因为在亨利餐馆的行窃罪在霍华德的 ATM 机旁被捕之后，查尔斯就不再回那里过夜了。无处可去，他开始在市集广场寻找任何可以过夜的门口。接下来的几天，警察局不停地收到业主和居民们的投诉，为了抵御寒冷，查尔斯从一家的门口转移到另一家。同时，还有六家当地的酒店报告了涉及查尔斯的行窃。1 月 17 日，又有 5.6 英寸的雪从柏林顿上空徐徐落下。气温持续下降。1 月 18 日，全天的最低气温达到了零下二十度，加上凛冽的寒风，低达零下五十度。那天早上六点半，韦伊收容所的负责人在日志里这样记录着，"警察穿过街道，最终在教堂街 84 号的入口处找到了拉胥梅耶先生。我走过去，和他们解释了为什么会这样。他们也在焦急地等着法院的传票，这样就可以送他去做医学评估。在那之前，他们也无计可施，因为每次询问他的时候，他都表现得非常礼貌，思路清晰。"而行乞案件的重新出席要等到三天以后。

1 月 18 日的深夜，查尔斯回到了韦伊收容站，想要在那里过夜，抵御寒冷。他近期精神上的恶化非常明显。负责人把他们的沟通过程记录下来。"查尔斯·拉胥梅耶的奥德赛传奇又再继续了：查尔斯走进来，开始在宿舍里走来走去。我把他叫到大厅，他坚持说，他'有权利进来这里'。他很激动，非常生气，开始大叫起来。他说，'我是总司令！'然后，他朝我挥舞着手，说，'噗！你消失了。噗！警察消失了。噗！所有的人都消失了。'我打电话给警察，他们把查尔斯赶走了。"

查尔斯的妄想系统被完全破坏了。他固定了长达十年的关于思维控制的想法走到了尽头。他所宣称的东西、他的控告以及威胁不再有内在的联系。但在情感方面，却仍旧延续着一致。他被夺走越多的权利，越被拒绝，越是孤零零地一个人，在他的妄想的世界中，他就变得越强大。显然，他开始相信他就是美国的总统。如果他真的是，那他所需要承受的精神上和逻辑上的痛苦就会少很多；没有任何关于自己能力的妄想能够驾驭他无家可归的经历，或是精神分裂症的症状。

接下来的三天，在韦伊收容站、流动危机处理小组和柏林顿警察局之间，都是关于查尔斯的电话。每个人都在焦急地等着 1 月 21 日他的庭审日期，担心他会在那之前因为整天暴露在外面而被冻死。但这段时间，查尔斯却出奇地低调。再也没有入侵或者行窃的传票。没人知道他睡在哪里，或者吃什么。除非他从垃圾箱里找到了残余的食物，否则他什么都没有吃。到了 21 日，正如大家之前料想到的，查尔斯没有出现在法庭。法官又一次下发了拘捕令。

25 日傍晚，查尔斯还没有被捕。那天晚上，他从市集广场打电话给给他过去的朋友。在失去联系将近十三年之后，查尔斯打给了他在威廉玛丽学院的室友布莱恩·沙博。这天，沙博经历了一生中最让他感到害怕的一次谈话。"查尔斯说他被卷进了一起从古巴来的毒品走私案，中情局正在追捕他。他指责是我把当局的人引向他的。我告诉他我对这件事一无所知，但他不肯相信我。他和我在大学里认识的那个人完全不一样，他依旧善于言辞，很有活力，他描述了一幅很有可能真实的画面。某种程度上，我没有理由不相信这些都是真的。"

"电话持续了很久，可能有一个小时。每几分钟，他就要往电话里投币。最终，我说服他相信我对他的生活一无所知，也不知道他面临着什么。之后，我们回忆了一些以前的时光，这并没持续多久。通话的最后，我祝他好，并希望他能照顾好自己。我记得挂掉电话之后我哭了。这次交谈太过情绪化，有一种对危险的感知，同时也有对他，对他的未来的担心。他挂电话之前，告诉我他要逃到加拿大，来逃避法律的制裁。他说有一条狗陪着他——他说除了这条狗，他在这世上已经没有任何朋友了——他说他要去加拿大了。那是我在大学毕业之后第一次听到他的消息，之后就再也没有联系了。"

父亲已经十年没养狗了，自从他第一次进入新罕布什尔医院，警察带走乔吉之后，他就没有狗了。事实上，他的状态可能是那个时候的一种参照，就是他上一次失控而演变为暴力的时候。如果把狗去掉，就像实际的情形，他所要表达的就非常简单了："我在世界上没有任何朋友。"

1989年，父亲去纽约参加乔尔的婚礼，克利福德为父亲拍了照片，那个时候，他正在努力建议我和他恢复父子之间的联系。在一张照片里，父亲坐在沙发上，拍着一只带着灰色口套的拉布拉多犬。他的脸上挂着笑容。尽管处于那样的环境，父亲在拍照的时候是快乐的。原因很简单：狗并不根据一个人一生中的境况评判他，也不管这个人离他的目标以及过去的成就有多么遥远；更不会对他的想法或者言辞的质量或是内容作出评判。狗会对一个人任何善良的部分作出回应。到了1989年，他还有一部分是善良的，即便是在1993年的冬天，他还保有着善良，那就有可能，他也拥有过快乐，只是没有人为他记录下来。父亲给沙博的电话，极有可能是希望他之前的朋友能够给他提供一些帮助。可他的骄傲，加上他的病症，让他将自己保护起来，不能直接说出，就像他写给我的最后一封信，就像他写给布查德的信，就像是他打电话给自己的堂妹玛里琳。

打电话给布莱恩·沙博的第二天，布赫下士在当地的图书馆里找到了查尔斯，他正在少得可怜的社会学书籍那里找着什么。布赫下士逮捕了他，将他送到法庭，在那儿，他的古怪行为让大法官裁定为他安排一次能力测评的听证会，并且命令，在送往沃尔蒙特州立医院之前，作为过渡，他将先在沃特伯里接受精神评估。查尔斯流落街头的日子终于结束了。

三年后布赫下士和我坐在柏林顿警察局，他把父亲的钱包交给了我，父亲死后，钱包被放在他的资料里，被遗忘了。我很快地看了看，努力抑制住自己的情绪。我发现了霍华德公共服务中心的卡片，警察就是用这张卡片联系到父亲的亲戚的。父亲的个案经理曾在卡片上写下，他们下一次的约见将在 1995 年 1 月 17 日。在夹层里还有几张在凯康复印店复印的发票，外加一美元的现金。零钱包里，有 87 美分。

回到酒店，我更仔细地检查了钱包，虽然很不现实，但我还是希望能发现一张父亲和我的合影——有证据表明，他并没有忘了我。但钱包里什么都没有。我把发票以及霍华德中心的卡都扔了，留下里边的 1.87 美元，放成一小堆在床上。我无法让自己把这些钱放在一边，让它们作为他用。我也无法把它们放进我自己的钱包，让它们进入正常的流通当中。对父亲命运的冷漠让我久久无法释怀。我无法接受自己去花了它们，下一个星期，去买一杯更好的咖啡，或者买几盒口香糖。我不停地想，就在父亲死去的一年前，他一点钱都没有，为了填饱肚子，甚至需要去偷。最后，我将硬币藏在一卷弄湿的厕纸里，扔进垃圾箱，在清理垃圾的时候，它们就能不被发现。我把纸币撕成碎片，顺着厕所把他们冲走了。我这些即兴的荒谬仪式让自己稍微能舒服一点，也让我能够有力气看布赫下士交给我的其他东西。

重新回到床上，我看着一张拍立得拍下的父亲的照片。这是他在柏林顿被捕的时候拍的。听别人说有人死了，和你亲眼在火葬场看到棺材里的尸体完全是两回事。我已经习惯了听人们关于父亲是一个流浪汉的描述……长头发，留着胡须，衣冠不整。可亲眼看到照片中的他，这些文字的描述所勾勒的形象被完全抵消了。照片上面，是一个凄惨但是平凡的形象，一个太过羸瘦的人，留着过长的胡须，发际线退到后面，眼睛坚定地盯着整个世界。如果这有什么特别的意义的话，你需要听到他的声音，嗅到他的皮肤，触摸到他脸颊上的须茬，他拥抱的力量，一个父亲对自己唯一的儿子的自信和爱。你无法从那样的回忆抵达我手中照片的形象。所有的旅行，所有的对话，所有的解说，任何言语都无法将这两种世界相连。

那天晚上，在我入睡前，我想象着，在我漆黑的旅馆墙上，无数的照片拼贴在上面，我知道，它们都来自全国各地淹没在警察局的档案里：那些因为一些琐碎的罪行被捕的流浪汉，入侵、乞讨、行窃，被抛弃的照片，被抛弃的生命。我发现自己开始想起了1978年在时代广场的那一天。那一天，我第一次见到流浪汉。突然，我有了一个想象中的答案：我明白了，那一天，当父亲和我与那位流浪汉擦肩而过的时候，他想要对我们说些什么了。它随着真相一起到来——他想警告我们。

10 病人
||||||||||||||||||||||

　　沃特伯里是 Ben&Jerry 冰激凌店以及绿山咖啡总部的所在地，而沃尔蒙特州立医院也位于此地。这里医院里病人的数量也曾急剧下降，从 1955 年的 1600 人，到我 1997 年来这里的时候，只有大约 50 个了。一直都有传闻说这家医院会被关掉。如今留在这里的病人，大部分都被诊断为精神分裂症。沃尔蒙特是我有生以来第一次看到的病房都是封闭式的医院。走在大厅，人们列队敲着鼓迎接我的到来。从他们对我的反应，可以看出这里应该很少有人来：一个老人不时出来和我握手；另一个人，有点肥胖的中年男人，朝我竖着大拇指，然后退回到房间里；一个身材娇小的女病人坐在一张很大的乙烯材料的椅子上冲我皱着眉头。1994 年曾住在这里的病人到了 1997 年已经所剩无几了。在那些仍留在这里的人的印象中，父亲也只是一个独来独往的陌生人。

　　1994 年 1 月 26 日，在第一次进入新罕布什尔医院十年之后，父亲进入了沃尔蒙特州立医院，编号 26845。他的记录显示，第一天到达这里，在吃完午饭和晚饭之后，父亲还是很饿，向他们要求更多的食物。那天晚上，他同意去洗澡，帮他消灭身上的虱子，这是他流落街头之后第一次洗澡。他的衣服也被清理干净，交还给他。比起十一个月前失去自己的公寓，面对突然失去自由，查尔斯并没有太慌张。他一个人在病房里呆着，拒绝接受任何治疗。他一直处在被观察的阶段，直到 2 月 1 日，为即将到来的能力听证会做准备，一名法庭指定的精神病医师为他做了检查。

根据医师的评估报告，整个过程中，查尔斯还是在竭力保持镇静，尽管他被不情愿地关起来，精神问题又一次被激发出来了。不过，他的妄想变得更加诡异了。精神医师在记录中写道："拉胥梅耶先生的妄想症非常严重，声称自己是美国军部的总司令。他说沃尔蒙特州并不存在，整个国家都是一体的，由联邦政府控制，而他是所有这一切的负责人。他暗示说，他是'预先编排好'，'经过专门的训练'成为这个样子的。他说自己在银行有 27 亿万美元的存款。而且对那些伤害他的人，他会睚眦必报。我问他是不是能告诉我详情，他回答说，他可以下令，枪杀一些人，或者吊死他们，但他自己是一个不喜欢暴力的人，他拒绝任何充满暴力的重要历史。他还继续说并没有暴力这样的东西存在。他说之前在 1984 年住进新罕布什尔医院，是里根总统下的命令，但他个人并不喜欢自己成为邪恶计划的目标，所以他拒绝了。目前他并不想自杀，他曾有过一次，但那是在很久之前了。"

和霍华德银行的安保负责人约翰·马卡姆一样，精神医师的结论也是，查尔斯并不危险；很明显，他的威胁之词只是说说而已，并不会真的付诸实施。"他向上指着天堂，告诉我逮捕他的警察们已经不再全身戎装了，他们卸下了自己的徽章和手枪，到更高的地方去了。接着他又开始闲扯一些和登山有关的话题。因为他的妄想，他似乎可以随时消灭他所生存的世界，包括齐坦丹法庭，他现在所在的医院，新罕布什尔医院等等，而他所要做的只是将他的愿望说出来。"

面试到后面的时候，查尔斯提到上帝以及使用一些《圣经》里的话所蕴含的意思就很明确了。"他请求允许他和上帝交流。我让他继续。他抬起头，开始和上帝说话。我没有看到上帝，但显然他是看得到的。"成年之后，作为一名坚定的无神论者的查尔斯，如今在精神分裂的影响之下，不仅成为一名坚定的信仰者，而且还自称是可以直接与上帝交流的预言家。无从知道，他在妄想之中的宗教转向，是不是和他听到母亲的声音有关，更或者和她早年想要努力把他变成一名基督科学教徒所做的努力相关。

读着父亲这些不断增加着的诡异的思维过程，我感到很悲痛；但同时，他对自己头脑正常的表达中所透露出的清晰思路和智慧，也让我非常惊讶。在评估快到结尾的时候，精神医师记录道："我问查尔斯他是不是觉得自己有精神问题，他说他确实有，他的精神问题是'对生命和人类的热爱'。"父亲持续的恶化显然没有减弱他的智慧。当生命和人类都加入一场阴谋当中，剥夺掉你的一切，甚至连你的意识和感知都不放过，你依旧去热爱生命和人类，那确实是疯了。父亲对精神医师的问题反讽式的回答，表明即便在他沦为流浪汉之后，他也清楚地知道自己的决心，他不会发作的，他会继续他的抗议之书，这是面向信仰和希望的表达。他并没有放弃这个世界，尽管这个世界早已放弃了他。

虽然查尔斯顽固地认为自己神志健全，但是通过评估，他的精神医师得出结论，他患有慢性偏执型精神分裂症，并已严重恶化，"可以看做是他社会地位的下降和缺乏社交网络的结果"，以及"他的大部分谈话都极具妄想，并且不能够集中，表明了一种极度的思维混乱"这样的事实。尽管查尔斯并不对别人构成危险，但精神医师深信，他"如果被释放到社区，那对他自己则是很大的危险。他严重营养不良，过度消瘦，已经被冻伤了。在现在只有零下的温度环境中，他能在大街上存活的几率很低"。精神医师在评估中建议查尔斯被正式移交到沃尔蒙特州立医院。表面上，他最初被带上法庭，是因为行乞被提起公诉，但精神医师认为："当我给他做评估的时候，他完全没有在法庭上承担责任的能力。"因为神志不清，他可以得到无罪的判决。

父亲行乞案件的能力听证会被安排在 1994 年 3 月 18 日，但是在二月中旬，因为他在亨利餐馆和绿洲餐馆的行窃案的调查，他被送回到齐坦丹法庭。当我用录音机播放这场听证会的录音时，父亲声音的变化让我很惊讶。我从小所熟知的那种强壮而清晰的声音不见了，磁带里的父亲，模仿着浓重的布鲁克林口音。而这种改变，即便在此前的 12 月 29 日的听证会当中，也不曾有过。

    法官：下午好！拉胥梅耶先生！

    拉胥梅耶：你好吗？

    法官：很好，谢谢。你拿到本州针对你提起的新的公诉复印件了吗？

    拉胥梅耶：哪个州？

    法官：什么？

    拉胥梅耶：哪个州？

    法官：沃尔蒙特州对你的公诉。

拉胥梅耶：没，我没有。我很穷。没人给过我什么复印件。有人写了这些？运气真好。

法官：我们继续。你没有，我有一份。我会读出来，好吗？本州指控你在 1 月 12 日——

拉胥梅耶：这些狗娘养的，他们在撒谎！哦，我很抱歉！

法官：本州指控你于 1994 年 1 月 12 日，你在明知道需要付钱的情况下，通过欺骗获得服务，也就是在亨利简餐厅的一顿饭——

拉胥梅耶：——嗯，哦。

法官：——价值 10 美元，而在 1 月 13 日，你又在绿洲餐馆犯下了同样的罪行，这次是 10.54 美元。这次是对你的传讯，你可以对针对你的指控做出正式回应。除了罚款，他们还有更多要求吗？

公诉代理人：是的，敬爱的法官大人。有要求赔偿的事宜。

拉胥梅耶：赔、赔、什么赔偿？

法官：你需要为你指定一位公设辩护律师帮你吗？

这时候，查尔斯的表现在法庭看来只是在玩游戏：他的口音是假的，使用布鲁克林口音可能只是一种迂回的方法，告诉他的迫害者们，他知道，他们想让自己觉得他遭遇到了母亲的恶魔。意识到他把"我是一个来自布鲁克林的穷人"铺展得太开了，某种程度上让他一直以来所依赖的可信和智慧都被抵消了，他改变了策略。突然，所有布鲁克林的痕迹都消失不见了，他听起来又是原来的自己了。

拉胥梅耶：不。这次听证会的本质是什么？你是想让我为自己辩护，承认自己有罪或者是无罪吗？

法官：是的。

拉胥梅耶：无罪。就像地狱一样无罪，在场的所有人都知道。

法官：好吧。这就简单了。你需要为你指定一名律师吗？

拉胥梅耶：整个法庭系统就是一个笑话。一个完完全全的笑话。

法官：你需要为你指定一名律师吗，先生？

拉胥梅耶：不，帮助我做什么？

法官：好吧。法庭将要——

拉胥梅耶：整个系统基于上帝和自然法则，并且，当然，你们在嘲弄上帝和自然法则。

警笛声穿过法庭，越来越近。

拉胥梅耶：哦——哦！有人受伤了。

法官：我们最好联系一下门诊——在医院里对拉胥梅耶先生进行一次能力和心智上的评估。

拉胥梅耶：他爱女人，从死亡中拯救孩子，让死者复活，让人们富足。为什么不呢。

从那开始，查尔斯的荒谬的推论让整个听证会陷入混乱，演变成一场闹剧。法官做了新的尝试，命令查尔斯先在沃尔蒙特医院做一个住院评估，但经由公诉代理人提醒发现，查尔斯就是从那里过来的，下个月就会有一场关于他之前的行乞案件的能力鉴定听证会。这个时候，大家才弄清楚查尔斯之前模拟布鲁克林口音的行为，原来他在暗示之后的听证会。

> 拉胥梅耶：是的，我需要回去。我想念我的母亲。她在州立医院。

法官忽略掉查尔斯的陈述，尽快终结了这次听证会，查尔斯又重新被执行部门送回沃尔蒙特州立医院，等待他的能力鉴定听证会。

当我和父亲在沃尔蒙特州立医院的精神医师理查德·缪森博士坐在会客大厅时，我从一开始就喜欢上了这个人。他说话温和，博学多识，谈吐里糅和着文学和哲学的调味剂。而且可以看得出，他很关心自己的病人，不管是以前的还是现在的。我们说话的时候，听众慢慢聚拢起来；病人们悄悄走进来，在我们旁边的椅子坐下，假装在那里看电视，但很明显，他们对病房不合常规的情况非常好奇。

缪森博士回忆起父亲在能力鉴定听证会之前，他和查尔斯在病房里的一次会谈，他的妄想并没有因为最近的改变而发生变化。"他说话很快，几乎不停顿。他告诉我就在我过来之前，他收到一条来自上帝直接给我的消息。他声称他在不停地和上帝以及政府机构交流，他相信我也已经收到了这条消息。他说我坐在办公室的时候，就已经在会客厅和他进行过思想上的交流了。当我和他不在同一个房间的时候，为了向我传达信息，他需要做的只是说得更大声一点。他说自己是总司令和英格兰的国王。他很快就会被释放，而我们都会被捕，而且被枪杀。我问他，他自己是不是打算去枪杀别人，他这样回答："我有杀人的执照。我是军情五处。我有一把伯莱塔手枪，但你会被排除在外。'"

在沃尔蒙特州立医院的前几个月，尽管查尔斯的妄想之辞越来越夸张，并开始前后不一致，但他很快形成一套日常生活的规律，而且几乎和他十年前在新罕布什尔医院所做的一模一样。他又一次让自己成为病房里的局外人，不管是空间上还是社会交往上的。在缪森博士的记忆中，"无论何时，只要可能，查尔斯就会避免和工作人员以及其他病人接触。他会观察发生在自己周围的一切，但从不加入任何社会活动。大部分的时间，他会独自一人坐在会客厅一把专属的椅子上，在他的笔记本上写着些什么。他从不给别人看他所写的东西。他在那里自言自语，让人不知所云，他一直拒绝用药，并坚持自己没有生病。"他具体在写些什么东西已经无从知道了。如果过去能给我们某些提示，很可能他还在继续他对于阴谋的抗议；他甚至可能将他住在街上时写在脑海里的书又重新写在纸上。但是他新增加的妄想会带给他怎样的视野，这就无法预料了。

这段期间，只有一件事情能刺激查尔斯，让他和工作人员以及其他病人交往，那就是香烟。接下来的几个月中，他的记录几乎都是和抽烟有关的话题——这不由让人回顾起他在 1964 年在东方州立医院的日志中所记录的，抽烟对病人的重要性。流落街头的时候，查尔斯就已经开始习惯不停抽烟，无论何时何地，只要他能从经过的人那里要到烟。在病房里，病人只允许在规定的时间里抽烟，并且必须在一个很小的面向医院的院子的一个封闭门廊里抽。好几次，查尔斯为了想要在指定的抽烟时间之外的间隙进入抽烟的门廊，威胁要动武，尽管他从没将他的威胁付诸行动，但有几次，他变得非常激动，工作人员不得不把他送回到隔离病房。

关于吸烟的问题，查尔斯的沮丧之情与日俱增，因为他不像病房里其他大多数的病人，他们可以拿到自己的社会保障津贴，而他却没有任何收入来源用以购买香烟。工作人员对他的退休金也一无所知。他们发现，他有自己名下的社会保障津贴，但这些津贴依旧在他新罕布什尔的法定监护人的控制之下，而在查尔斯变得无家可归之后，他就已经失去了和查尔斯的联系。一直到 3 月 10 日，在查尔斯被送进医院六个星期之后，新的安排才最终被确定下来，法定监护人每个月会给他 150 美元作为开销，外加购买香烟。而在这段过渡期间，查尔斯不得不借助他在市集广场所用的手段，也就是乞讨。他的进度记录里记载了他在这方面的成功："如果他用自己的体格和外表，或者用言辞来恐吓其他的病人的话，这确实有问题。但无论如何，他很有效地为自己解决了抽烟的问题，因为他总是有烟在身边。"

听了 3 月 18 日父亲的听证会录音之后，我急切地想和当时曾亲历这一过程的人谈一谈，获得第一手的资料。当首席法官玛丽莲·司康劳德同意在齐坦丹法庭见我的时候，她让我确信，那天发生的事情非常不同寻常。那天之后，经她之手的案子已经有成千个了，大多数都是一些更让人记忆深刻的犯罪，而不是行乞这样的小案子，尽管如此，她对那天的情景历历在目。"拉胥梅耶是一个很难让人忘记的人，富于激情，英俊的男人。留着长头发，蓄着胡子，个性很强。是一个实实在在的存在。经常，被告在法庭很少敢直视我的眼睛，不会看着你。来到法庭之前，他们已经被打倒，被生活所击败。但拉胥梅耶先生不是这样。我是指，他立刻就从那些没有精神疾病而来接受指控的普通的被告行列中显露出不同。这是他的听证会，他有对接下来的一切进行评判的自由。"

从录音带里，可以听到查尔斯积极参与整个听证会的过程。当公诉代理人请法庭指定的精神医师——就是在沃尔蒙特州立医院为查尔斯做精神评估的医师——出来作证的时候，查尔斯凑近麦克风，用一种非常权威的声音说，"我反对。他不具有在这里作证的能力。"从那时候开始，尽管他的辩护人警告他让他保持安静，他还是不停地提出反对，打断听证会进程。对查尔斯而言，这场听证会是从他来到沃尔蒙特之后他全部挣扎最精华的部分。忍受了一年无家可归的生活之后，他们技术方面的变形，各种代理人的出现，各种各样的强迫，所有的一切终于都公开化了。尽管他一直很好地控制着自己，不让自己失控，但他的迫害者们又一次要给他贴上精神失常的标签，剥夺他的自由。从他的角度看，他唯一觉得让自己有负罪感的，是他的迫害者们加之于自己的侮辱，以及他在自己遭受的痛苦中存活下来。

司克劳德法官不可能知道自己在查尔斯的心目中所扮演的角色，接下来所发生的一切让她吃惊不已。"很明显，所有的人都同意，拉胥梅耶患了精神分裂症，需要住院治疗。等到证人作证完毕，我开始将裁定从工作台递出去的时候，拉胥梅耶先生打断了我，他用一种很有力，非常权威的声音问：'我有权利做一次陈词吗？我可以做陈词吗？'我犹豫了一下，告诉他可以，但让他尽量简短一些。而接下来所发生的，是之前所有的被告都没有过的，之后也再没有。在我宣布对他的裁定之前，拉胥梅耶先生宣布了对我的裁定！"

他的声音有力、清晰，带着命令的语气；他在提交一份真实的陈词，不掺杂个人感情，带着完全的确信。"你们并不在这里。你们任何人都没有在这里的证据。我是美国总统，美国军队的总司令。这是你们都知道的事实。你们违反了军队的章程。这里，你们被判处分组处以绞刑和火刑。这里的一切都是谎言，一个笑话。这就是现实。我陈述完毕。你们想让我签字吗？查尔斯·W·拉胥梅耶博士。"

通过宣布对法官，代理律师和证人的裁决，查尔斯想要把自己对现实的解释强加于这些人的身上，而在过去长达十年的时间里，这些人正是一直坚持将他们对现实的解释强加到查尔斯的身上。生活在一个不停地让他相信自己精神有问题的社会——而这个社会里，精神出现问题意味着痛苦、偏见、被抛弃——他也想要在公共的记录里写下他对自己作为一个人的自我价值以及他自己仍旧是什么人的信念的坚持。他不仅仅是一个流浪汉，一个无足轻重的罪犯，一个有问题的人；他是一个有成就的人，完成了一个社会对它的成员的所有期望。他学习过。努力工作。教书育人。养育过一个儿子。他为属于这里而奋斗过。为生存而挣扎过。查尔斯永远不会忘记，在自己的生活分崩离析之前，自己曾经取得的成就。他永远都不会忘记，自己会一直是查尔斯·W·拉胥梅耶博士。

在我们的生命当中，每个人都需要去面对一些检验我们的信念和品质的时刻，正是这些时刻定义着我们，不是我们之前做了什么，不是我们之后会去做什么。无论我在自己的一生会成就什么，它永远都无法和父亲在 1994 年沃尔蒙特州柏林顿的齐坦丹法庭上，作为一个患有精神疾病的流浪汉所完成的事情相提并论。我们中的大多数人，都已经习惯于用我们的财富和别人对我们的看法来定义自我以及自我价值，如果我们所有的一切和生命中所有的人都被夺走，我们就会缺乏足够的勇气，去坚信自己仍旧是曾经的那个人。

　　从 1990 年开始，新一代的抗精神疾病药物开始让精神分裂症患者的治疗有了很显著的改善。比起之前的抗精神疾病药物比如氟哌啶醇，这种新的类型经常会被称作非典型性抗精神疾病药物，在减缓症状方面会更加有效，并且由此引起的副作用也会小很多。到目前为止，非典型性抗精神疾病药物只能通过服用药片的方式，这就限制了将近百分之四十的患者对它的采用，因为这些人不认为自己病了，所以，患者极有可能不同意进行治疗。因为这一原因，当法庭在九月份最终裁定查尔斯将接受非自愿的药物治疗时，缪森博士给他注射了一个月的氟哌啶醇。

　　查尔斯的情形很快得到了改善。他不再整天在大厅走来走去，也不再做一些威胁的动作了。他的言辞也体现出更强的逻辑性，听着更自然一些。他开始更多也能更好地和工作人员以及其他的病人交往。比如，查尔斯发现了一位见多识广并且感兴趣的倾听者，缪森博士，他和他讨论一些社会学和哲学的经典著作，以及他自己的研究。缪森博士对此印象很深刻。"我并不觉得我们是医生和病人。我将查尔斯看做是和我平等的一个人来对待。他非常聪明，反应很快。大多数的时候，他都会远远走在我的前面，但是他的妄想总是冒出来让话题偏移。"

　　最初，即使有药物治疗的帮助，查尔斯的症状还是没能减轻到缪森博士认为他可以进行有条件的释放的程度。九月末的一次记录中，他记下了和查尔斯的一次关于治疗以及后续调养计划的谈话。"很难按照事先安排的程序进行，因为他经常离题。病人完全在自说自话，详细地说着他的各项成就（教书，著作），他的血统（德国贵族），经济能力（社会保障津贴加上他的退休金有两万美元，另外有一千三百万的著作版税）。对他而言，治疗并不是问题。倒不如说，他觉得自己并没有得病，他的整个精神病住院史都是他来自政府的迫害者们所一手操纵的。"缪森得出结论，因为查尔斯没有意识到自己已经患病，加上他在提到经济状况的时候错误的判断，就像是他自己说的几百万的版税，这些都会导致他会需要再次住院治疗。

几周过去了，药物得以让查尔斯能够更好地控制自己的行为。他不再那么频繁地谈到自己的妄想，开始变得更容易交往，也更亲切了。回忆起那个时候，缪森博士记得，查尔斯彻底改变了他在病房里的角色，他让自己达到了最佳的状态。那时候，在病房工作的一个精神医师助理正在大学里修精神病学的课程，她在完成一门课程的论文当中遇到了麻烦，被要求重写。她和查尔斯提到了这件事，查尔斯开始帮助她。他们花了几个下午在那里讨论她的初稿以及笔记。接下来的一个星期，她重新提交了修改好的论文，并拿到了"A"。缪森博士记得查尔斯为自己能够提供帮助而感到异常高兴，同时，因为有了这个机会，他能够实实在在地向别人展示他口中的过去，以及他在未来的潜能。

不久，查尔斯就明显不再对自己或是他人构成危险了。十月末，对查尔斯的有条件的释放开始进入准备，他获得释放的日期是 11 月 28 日。尽管他状况稳定，但缪森博士对查尔斯在重获自由之后的前景并不感到乐观。"我觉得他还是应该在监控之下进行药物治疗，如果最终这一系统厌倦了对他的监控，事情就会偏离方向；他有可能又被送回来。这种感觉，不仅只是针对你父亲，更是整个疾病治疗系统的问题。"

查尔斯和一位社工就他获得自由之后在社区的居住问题的讨论，充分证明了缪森博士的悲观判断是公正的。在进度记录里，查尔斯告诉那位社工，他不需要别人帮助去找住的地方，因为"他的妻子已经为自己和拉胥梅耶先生在雷迪森酒店订好了房间，等他释放之后就可以先去住一小段时间。他说他的妻子在沃尔蒙特的格兰德岛区域附近弄到一套房子，是准备他释放之后他们一起去住的，而他的儿子也会在圣诞节期间一起过来和他们团聚。但我们的记录显示，他已经离婚了，并且和他的前妻以及儿子都没有联系。可他坚持说这些都不是真的。"这位社工继续在艾伦之家为查尔斯联系到一处住所，这是在柏林顿附近专门为流浪汉和精神病患者提供的享有补助的房子。查尔斯告诉这名社工，这完全没有必要，因为雷迪森就是属于他的，这和他之前告诉艾米·金的一模一样，而那一次，他随后就因为偷薯片而被赶出了赛百味。

在药物的作用下，父亲的妄想体系终于从之前总司令的状态之中恢复到从前。大约在1993年10月的时候，他又开始像一年之前那样相信，他的迫害者们一手控制而使得他所遭受的一切，即将结束，而他理所应得的——一所房子，代替被他们偷走的他在佩勒姆的房子，作为对他的损失的补偿，甚至母亲和我也会再回到他的身边——在他从沃尔蒙特州立医院被释放之后，这些都会立即归他所有。当我知道那个时候的父亲曾设想着我们的家庭会在圣诞节的时候重新团聚，面对这样反讽的现实只能让我目瞪口呆，那个时候的我，几乎就要将他的想象变为现实了。如果我能将那年冬天我所写的书邮寄到正确的地址，他就有可能在圣诞节的时候收到这份礼物，至少，会或多或少证明他重新开始的乐观态度有一部分是正确的。

除了妄想中充满希望的信念，查尔斯对未来将带给他什么依旧心存恐惧。他的进度记录中写着，从十月末起，他开始出现了让他极度衰弱的急性焦虑症，他自己描述说"神经过敏"，并且有"不明缘由"的焦虑。他在沃尔蒙特州立医院的最后一个月中，他曾经有过间隔的十次要求服用安定的记录，并且都被通过了。安定是一种抗焦虑的药物，但是具有成瘾性，能够帮他控制急性焦虑症。他还报告说自己经常会不由自主地坐立不安，这是因为氟哌啶醇引发的副作用，医院给他开了苯甲托品来减缓这种症状。同时，一些老症状也开始发作出来，在一次组织病人去购物中心购物的过程中，查尔斯消失不见了，等到他回来的时候，他手里拿着一杯啤酒——他完全忽视了医院的规定。

查尔斯在病房的最后一周，他积极为自己出院之后做着准备。他开始整理并编辑之前十个月所写下的几百页的文字。一天早上，他还去了医院的理发店，两年来第一次将自己的胡子剃掉，并将头发也剪短了。回到病房的路上，他在放衣服的架子前停下来，那上面有捐献给病人的衣服，供想换衣服的人随意取用，查尔斯给自己配了一整套，让自己焕然一新。那天，当他走进会客大厅，穿着一身有点略显俗套的套装，坐在他平常坐的椅子上时，工作人员和其他病人差点都没认出他来。他为其他人接受自己的新形象而感到高兴。缪森博士告诉他，他看着就像是一个崭新的人，他笑着回答道："我感觉自己是一个崭新的自己。现在，我得每天都刮胡子了。"

11 月 27 日，查尔斯急性焦虑症非常严重，他不得不一整天都躺在床上。第二天一早，他在新的个案经理的陪同下，从沃尔蒙特州立医院释放。他背着的垃圾袋里，装满了自己写的东西。又一次，查尔斯服从于有条件的释放的约束之中，又一次他被贴上了偏执型精神分裂症的标签，但起码，他赢得了之前的一场战役。他在新罕布什尔的监护关系被解除了，他和新罕布什尔的所有瓜葛都没有了。查尔斯回到柏林顿，即便不是一个崭新的人，也是一个不同的人。市集广场没有人认得出他来，没人知道这就是一年前整天在市集广场出没的那个高大的、衣衫褴褛的流浪汉。

11　意外死亡
⅏⅏⅏⅏⅏⅏⅏⅏⅏⅏⅏⅏⅏⅏⅏

　　无论如何，在1994年11月28日从沃尔蒙特州立医院被释放之后，查尔斯又重新找回了让自己恢复的勇气。那天，他一定回顾了过去九年的经历，自从他第一次从新罕布什尔医院被释放出来之后，他为了重新控制他的生活所做的努力，他一定想知道，那段时间他所承受的所有痛苦以及损失，究竟还剩下些什么。接下来的一个星期，他终于从新罕布什尔得到了他所有的资金，他找到了部分答案：在流落街头的期间，他一共积攒了将近一万一千美元，包括他的社会保障津贴和退休金。他选择了一家在去年冬天没有去过的沃尔蒙特信用合作社，在那里开了一个账户，并且在教堂街租了一间很小的二楼公寓，离他之前经常去的地方，灵格斯餐馆，只有一个街区的距离。透过他的窗户，他可以看到自己曾住过十个月的街道，而他差点就死在那里。

　　有了四面墙和屋顶的环绕，他又可以独自一人了，查尔斯开始一步一步重建自己的生活。他从银行取了300美元，在沃尔沃斯买了一整套的行头，包括一套在今后面试可以穿的不是很贵的西服。他花了几个下午的时间，在当地的金考快印的计算机前面，凭着记忆写好了一份新的简历，包括很多发往新英格兰和纽约州的大学的职位问询信。等到他的电话接通之后，他立刻打给布鲁克林的波利主日预科学校以及威廉玛丽学院的校友办公室，请他们给自己寄一份校友名录，这样，他就有可能联系到之前的同学，得到工作机会。

在获得有条件的释放之后，父亲的世界依旧是一种现实与妄想混杂着的奇特状态。尽管他在用实际的努力来重建自己的生活，但他仍然坚信，在圣诞节的时候，他将和自己的妻子以及儿子重聚。在搬到他的新公寓之后不久，他打电话给他的堂兄克利福德，自从1992年夏天之后，他们就再也没有通过话了。他没有提起自己在街上十个月的生活，也没说沃尔蒙特州立医院的时期。他主要在谈将来，他告诉克利福德，他将和我母亲复婚，就在圣诞节那一天。克利福德怀疑这不是真的，但他觉得父亲确实比前几年的时候好多了。他们讨论了是不是在新年期间见个面，但没有定下具体的计划。

在1994年的冬天，父亲的公寓只有一位访客——他的新个案经理。我在柏林顿的最后一天，我们在父亲死去的公寓前见了面，他留着海象一样的胡子，戴着一顶篮球帽。见面之后，我们握了手，他表达了对父亲之死的慰问，之后，他递给我一个很小的长方形硬纸盒，里面是父亲的眼镜，父亲死后，他发现了它们。看到这副眼镜，我脑海里闪过的第一个想法很让我感到欣慰，至少在父亲流落街头的时候，他还戴着他的眼镜。我无法想象，在一个充满敌意、陌生的世界，如果连你的敌人也看不清楚，你将如何生存。但随后，想到我手里拿着的眼镜曾架在父亲的鼻梁上，生前如此，死后亦然，这让我感到一阵眩晕。

从沃尔蒙特州立医院被释放之后，父亲的个案经理拜访了他几次。他对一年前那个混迹于市集广场上、经常惹麻烦的臭名昭著的流浪汉很熟悉，因此，查尔斯如今容貌和举止惊人的变化让他惊叹不已。"他从一个不堪入目的人，变成现在穿着得体、干净的样子，他可以走进任何一家商店，坐在那里，和谐地融入周围的一切。就像他完全变成了另外一个人。"尽管在这几周里，他的个案经理还是从他的呼吸当中发现了酒精的气息，但因为他对查尔斯之前的酗酒的历史一无所知，所以他从没怀疑过查尔斯全新的变化。

1995年新年的那一天，查尔斯的个案经理最后一次看到他。他记忆中查尔斯比往常更激动。"那天早上，我到了他那儿，他拿着一本螺纹笔记本，疯狂地在上面写些什么。我问他在做什么。他说他在写一本书，但他不打算告诉我书的内容。"就在同一天，查尔斯写信给他曾帮助拿到"A"的沃尔蒙特州立医院的医生助理，说他感到很失望，他的妻子和儿子没有在圣诞节的时候出现。他还提到，他的急性焦虑症越来越严重了，他甚至不得不一整天都躺在床上。

第二天早上，查尔斯就因为心脏衰竭，独自一人在他的公寓里去世了。他的死亡并不是猝发的。警察拍下的照片说明，在死之前，他有足够的时间去体验死亡带给他的震惊。在一切结束之前，他知道自己的生命正在消亡。在那一瞬间，他知道他的迫害者们赢了：在这么多年的努力之后，他没有得到救赎，没有最后时刻的审判，没有人关心这一切都结束了。他从最远的地方为回去的路抗争着——疯狂、无家可归、冻伤和饥饿之中——只剩下死亡、抛弃和遗忘，在沃尔蒙特柏林顿一间昏暗、肮脏的小公寓里。

如果不是接到一个陌生人的电话，我永远不会知道，父亲曾经流落街头。负责父亲案件的警官在1995年1月打电话给克利福德的时候，告诉了克利福德他所知道的父亲最后两年的生活。之后，克利福德打电话告诉母亲，出于同情，他只跟母亲说查尔斯因为心脏衰竭，死于他柏林顿自己的公寓里——这也是母亲告诉我的。两天之后，父亲在教堂街的房东打电话给我。他想通知我，父亲的租约有一项条款，在租赁期间，房客有义务遵守这些条款。这些条款包括，在租期里，公寓所产生的任何损坏都必须赔偿。

房东说他的公寓损坏很严重，并不是因为父亲的租用，而是因为他的死亡本身。他说父亲的尸体躺在那里好几天才被发现，腐烂的尸体已经在地板上形成了可见的痕迹。他说，比如因为"泄露"而产生的气味如此糟糕，即便他将房子全部清理完，并且粉刷一新，还是无法将房子再租出去。我听着电话那一端的声音，不敢相信自己的耳朵。三百公里之外，一个完完全全的陌生人向我描述着父亲死亡后身体的非同寻常的细节——仅仅是为了讨价还价。他想要我支付清理的费用，以及调查期间的房租，并且一直支付房租，直到他能够找到一名新房客，或者合同终止，就看哪一个更早一些。最后，房东要挟我答应他的条件，要是我不答应，他会去起诉我，但最后，他态度很好地说："我很了解你父亲，我知道他一定希望你支付这笔钱。"

我努力保持自己的理智。我请房东给我邮寄一份租约合同，我需要看一下，并且也请他将父亲的遗物都寄给我，包括屋里所有的纸张，都可以用到付的方式寄给我。他答应说第二天就会把所有的东西都寄给我。但是，他扔掉了父亲所有的东西，只给我寄来一张所谓的公寓损坏的清单。为了验证房东的话的可信性，我打电话给负责调查父亲死因的警官。让我欣慰的是，他告诉我，父亲的"意外死亡"，腐烂程度比较轻微。（"意外死亡"，他解释道，是警察特有的术语，用来指那些在没有医生陪护的情况之下死亡的人。）我拒绝了房东的要求，他对父亲的财产采取了留置权，最终，通过法庭，得到了清理费用、保证金以及最终赔偿。

得知我可能无法见到父亲的遗物，在挂断电话之前，我请警官尽可能详细地为我描述一下父亲公寓的情况。他告诉我关于父亲的简历，关于从大学里来的拒绝信以及他的螺纹笔记本。之后他提到，父亲的成就和他的生活条件之间的反差让他迷惑不解。他重复了当验尸官到了之后所说的话。"这样一个聪明的人，沦落到了如此的境地——他是怎么一步步走到沃尔蒙特州柏林顿的这间公寓里的？"他还补充说，当他意识到这个人就是一年之前在教堂街上的那个流浪汉时，他是何等的惊讶，当然这也是后话。但是这些词带给我的震撼，就和我听到父亲去世的消息一样。

在我十四岁生日之后，我只见过父亲一次。那是 1990 年的夏天，我漫无目的地进行着一次公路旅行。那天早上看完地图之后，我将车开向了通往魁北克的方向。六个小时之后，我开到了新罕布什尔的曼彻斯特，那里下着倾盆大雨，我开始想找一个地方很快地吃个午饭。当我正在意式小面包和披萨之间犹豫不决时，我记起在一年半之前和父亲断绝联系的时候，他正住在曼彻斯特。他的地址一下子就从记忆里跳了出来，浮在那里：斯塔克街 81 号 4B 公寓。就在那时候，我看见斯塔克街道的标志从我身边过去。这种巧合在瞬间激起我对命运非同寻常的信仰。

我慢慢地开向斯塔克街，在 81 号前面停了下来，这是一幢六层的砖结构建筑，粉饰着白色的墙面。我透过大雨看向大楼的一边，找到四楼的窗户，立刻就知道我看着的是父亲所住的公寓：大楼后面的两扇窗户被临时改造成书架，上面密密麻麻堆满了一排一排的书。我没有勇气让自己走下车去按响门铃，也无法让自己离开，我把车倒到后面，找了一个空着的停车位停下来，在这里，我可以一览无余地看到 81 号的入口。我的心跳得很快。我发现自己在心里大声嘲笑着我写给父亲的最后的话，"我无法生活在你的世界里；你也无法生活在我的世界。"我错了，不管我相不相信，我们生活在同一个世界。证据就是我自己所处的状况：在前往另一个国家的路上——那里是他曾经逃亡的地方，我偶然地来到父亲的家门口。

过了一会，雨停了。不知不觉地，我开始玩起了小时候和父母在公路旅行的途中曾玩过的单人游戏：每次我应该睡觉的时候，我会看着雨滴滴落到挡风玻璃上，我和自己打赌，看哪一滴雨最先到达刮雨器。能够赢的秘诀是选择那滴上面有最多雨滴沿着它的路径下坠的，因为每次当两滴雨碰到一起，结合，它们就会产生动量。等到所有的大雨滴都消失之后，我又开始玩另一个游戏。街区尽头，因为静电而没有被重力带走的水珠停滞在街灯上，我开始给它们排成队列，看着它们由红变绿，接着又变成黄色，又变回来。

我看到了他。他离我大概二十码，朝着 81 号的方向走过来——也朝着我的车。隔着一段距离，他看上去就和我十四岁生日的时候没什么区别。他的容貌或是他的行为方式都没有任何征兆显示他"疯了"。我看着他越来越近。可这十码的距离，似乎一下子夺走他二十年的时光。他的头发变得稀疏了，沿着脸的轮廓卷曲成扇形。我突然意识到他正在看着我。我尽量让身体陷在车座里，不敢再呼吸，直到他走进斯塔克街81号的入口。他压根没有看到我。我抬头看着他的窗户，希望能再看到他，那样我或许就知道自己该怎么做了，但是我只能看到他的书。外面又开始继续下雨，我打开挡风玻璃上的刮雨器，最后看着眼前的这幢楼，开车走了。

父亲死后，当我知道他曾流落在柏林顿的街头长达十个月之久，我想知道，如果我们的路径的交叉不是在1990年，而是在1993年，那我的反应又该是如何呢。我不得不认为，如果我看到的不是在一个雨天走进斯塔克大街一幢公寓里的父亲，而是穿着流浪汉的衣服，坐在公园长椅上的父亲，我一定不会走开。我一定会尽我可能去帮助他。如果1993年的父亲和1990年的父亲只存在一种度上的差异，那这里的问题是，在这个连续的过程中，需要到何种程度，我才可以克服自己的恐惧和自我，能够开始去靠近他？根据他的个案经理在1990年时的记录，那时候，父亲正在努力找到那一个决定性的点，在那里，他的思维由理性转变为非理性。而即便在他去世之后，我也仍旧在寻找那个决定性的点，我的思维能够从唯我的世界，敞开向一个能和别人感同身受的世界。

或许这是一种必然，自从父亲死后，我也经常去找出那一决定性的一点，从知道父亲的人身上，从我认识的人当中，包括我的朋友，从我的家人身上，从陌生人身上。这是一个重要的问题，一个让尝试回答的人感到害怕的问题。我们社会对精神分裂症患者的态度倾向以及治疗方法表明，我们同情自己同伴的能力，并不取决于他们所遭受的痛苦的程度。那些身患精神分裂症的人经历着如英雄般的无可救药的疾病，或者那些严重残疾的人，只是坚定地要存活下去，他们都在宣布着自己对生命的热爱。如果什么让他们的英雄般的姿态更加伟大的话，他们逐渐失去自己的神志，这是比他们的身体更加重要的东西——他们的意识。

患有精神分裂症的人不仅要面对他们自己的症状，他们还要面对普遍的偏见。先不管媒体对于精神分裂症患者的描绘以及公众的漠视，也不用管他们所受的教育或是背景，甚至不去理会这些词本身的意思，只要看看我们平时所说的日常用语，在总体上对这些精神失常和患有精神疾病的人，存在多大程度的偏见。我们的口语中，到处都有针对精神疾病的经历进行恰当、贬低和嘲讽的表达。"你算什么，一个神经病?"，"你一定是个白痴"，"我觉得自己要疯了"，诸如此类，数不胜数。作为在人口统计学意义上有着清晰定义的一类人，在这个国家，精神疾病是唯一没有受益于现今到处延伸的"政治正确"的分支。这种表述实质上是一种偏见，只需要做一个很小的测试就可以知道这一点：下一次，如果你听到有人在说包含精神疾病因素的话语，你可以把它们用"癌症"或是"艾滋病"代替。话语中的幽默——对于恰当的直觉——立马就消失殆尽，因为我们曾被教过，你不能嘲笑别人所遭受的痛苦，除非，很明显，是精神疾病的原因。

如果从方程式的两端去掉所遭受的痛苦，那么对身患精神分裂症的人所持有的偏见就更为明显了。看一下整体的经济层面，比起其他的病症，用在对精神分裂症的原因以及治疗的研究上的投入微乎其微。近期国家健康研究所一项评估表明，针对精神分裂症每一美元的美国经济支出中，只有不到一美分是用在研究上的。而与此相反的，癌症每一美元的经济支出，用在研究上的比重占到十美分，而对于艾滋病，则有高达十五美分的科研支出。我对此考虑了很久，或者说，从一些类似的遭遇的视角来看，这是一个不可推翻的证据，即同情是一种有选择性的和武断的现象。我试着让我自己的目光回到更近的现实当中，我试着记起詹森·帕尔玛的香烟，艾米·金和约翰·马卡姆的咖啡，那个坐在父亲身边的流浪汉，因为很明显他需要和别的什么人交谈。当这些也没有的话，我就只能回到父亲曾教给我的最重要的那一课了。

我在柏林顿见的最后一个人，就是那位告诉我父亲曾流落街头的警官。我记得我们两年前的谈话中，他曾提到，在发现父亲的尸体时，他看了父亲的螺纹笔记本。我联系了他，想知道他是不是还记得那本笔记里的任何内容。他确实记得。这是他告诉我的。"里面无止无尽。一页接着一页。很多宏大的词。我记得有日记式的条目。那一天发生的特殊的事情。很多提到市集广场。出于某些原因，我记得里边有专门提到一条长椅。人们从旁边走过。有很多都提到了长椅，以及坐在长椅上的'流浪汉'——他用了那个词。还有很多其他的东西，我不是太懂，关于一项特殊的实验，是和那个长椅相关的。我很好奇那是什么。"

警官是唯一读过父亲去世的那个阶段所努力写下的东西的人。因为丢失了笔记本，任何能够知道父亲是如何看待自己的流浪汉生活的机会已经失去了。但他提到实验，意味着从沃尔蒙特医院释放之后，他依然相信他是思维控制的牺牲品。这一点，加上他提到流浪汉以及公园长椅，表明他最后的一本书，就是在他露宿街头的那几个月，写在他的大脑里的抗议之书，只不过，现在他有了纸、笔和一张桌子。

我惊叹于父亲的力量：他带着全部的尊严回到柏林顿，他依旧保持着自己内在的力量，再一次向大学发送问询的信件，他也还对自己和人类抱有足够的信念，来重新尝试写他的书。我父亲的经历——变成流浪汉，随后回归到病人的角色，在释放之后所体验到的失望，再一次意识到实验并不会结束——可没有什么曾熄灭他想要理解他的世界的渴望，或是再一次试着和听众交流他的想法，虽然他的听众早已经把他忘了。他拒绝相信，他的未来，将会、并且一定会是他过去的样子，不停地重复，重复，重复。

当我回头审视我自己的生活，那些愚蠢、琐碎的小事一次又一次把我击倒，我记起了父亲在1986年12月写给我的信，那一年，我十七岁，而他四十三岁。"无论身处怎样的逆境——我的处境曾经非常的糟——永远没有理由放弃。"比起承受，总是有更多的理由让我们放弃，总是能找出很多，那正是生命的一种奇迹：我们中的大多数都带着失望、灾难和不幸处在过程之中，所有好的、坏的事情都在死亡的阴影下发生着。我们创造着奇怪、复杂的小说——上帝、爱、公平、美——我们把这些当做正在经历的事实。我们对自己撒谎，对我们的孩子撒谎。父亲骗了我，在他写下永远没有任何理由放弃的时候——他在拼尽全力不让他正在枯竭的世界影响到我的，这让他成为一个好父亲。他骗自己说，他有理由相信他的未来和人性，而这让他成为一个好人。

正是父亲的事例，给了我能够面对他死亡的勇气，让我在发现他曾作为一个流浪汉，生活在寒冷的小城沃尔蒙特之后，能够去正视它，能够写下这本书。他最后的、没有完成的书，和这本书是彼此镜中的影子，映射着同一段经历的相反的版本。我希望，哪怕在很小的程度上，我的书可以成为父亲的书的补充，并帮他最终完成他的书。如果我能够有一个心愿，那一定是，父亲依旧活着，而我，则没有任何理由提笔去写这本书。写下它，我想要去相信，他会明白我的意图；他会明白我不仅仅是另一个合谋者，全力摧毁他的世界。即便他并不会同意，哪些只是映射，哪些是真实的，我想要相信，他会明白，我爱他、敬仰他、想他，而我，最终学到了他很久之前曾教给我的重要的一课。

永远没有任何理由放弃。

作者的话中，很多信息都出自《精神病的诊断和统计指南》第四版，美国精神病学协会，1994 年。在第二节"局外人"中，关于玛丽·贝可·安迪的生平，来自马丁·加德纳的《玛丽·贝可·安迪治愈的启示》(普罗米修斯出版社，1993 年)，推荐给任何希望能对基督科学教感兴趣的人。